KB003942

THE GREAT GATSBY

W·

첫사랑 컬렉션

설득
제인 오스틴

순수의 시대
이디스 워튼

위대한 개츠비
F. 스콧 피츠제럴드

젊은 베르테르의 슬픔
요한 볼프강 폰 괴테

위대한 개츠비

프랜시스 스콧 피츠제럴드 지음

고정아 옮김

윌북

다시 한번
젤다에게

황금 모자를 써, 그걸로 여자의 마음이 움직인다면.

높이 뛸 수 있다면 여자를 위해 뛰어.

언젠가 여자는 말할지 몰라.

"애인이여, 황금 모자를 쓰고 높이 뛰는 애인이여.

당신은 나의 차지야!"

_토머스 파크 딘빌리어스

1장

내가 젊고 더 유약했던 시절에 아버지는 내게 평생을 간직하게 된 조언을 해주었다.

"누군가를 비난하고 싶어지면, 세상 모든 사람이 너만큼 혜택을 누리지는 못했다는 사실을 기억해라."

아버지는 더 이상은 말하지 않았지만, 우리는 말수가 적은 가운데에도 언제나 특이할 만큼 생각이 잘 통했고, 나는 그 말에 훨씬 더 많은 것이 담겨 있다는 것을 알았다. 그래서 나는 모든 일에 판단을 미루는 버릇을 갖게 되었는데, 그 때문에 기이한 사람들이 들러붙거나 피곤한 사람들에게 상당히 많이 시달림을 받았다. 비정상적 정신의 소유자들은 정상적인 사람이 이런 특징을 보이면 재빨리 간파하고 달라붙는다. 그래서 나는 대학 시절에 정치인 같다는 억울한 비난도 들었다. 내가 거칠고 낯선 이들의 비밀스러운 슬픔을 잘 알았기 때문이다. 내가 들은 비밀 이야기들은 대부분 내가 청하지도 않은 것이었다. 내밀한 고백이 이루어질 조짐이 보이면 나는 흔히 자는 척하거나 다른 데 신경 쓰는 척하거나 아니면 차갑고 경망스러운 태도를 보였다. 젊은이들의 은밀한 고백 아니면 적어도 그것을 표현하는 방식은 대개 남의 것을 베끼는 수준인 데다 명백한 억압으로 훼손되어 있기 때문이다. 판단을 유보하면 무한한 희망이 생긴다. 나는 아버지가 근엄하게 지적했고 내가 다시 근엄하게 되뇌듯, 예절에 대한 기본적 감각이 태어날 때 불균등하게 분배된다는 것을 잊으면 무언가를 놓친다고 생각한다.

이렇게 내 포용력을 자랑했지만, 그럼에도 한계가 있다는 것을 인정해야겠다. 행동의 토대가 반석처럼 단단한 경우도 있고 습지처럼 무른 경우도 있지만, 일정 지점을 지나면 나는 토대를 상관하지 않는다. 지난가을 동부에서 돌아왔을 때, 나는 이 세상이 군복 차림으로 영원히, 뭐랄까, 도덕적인 차렷 자세를 취하기를 바랐다. 더 이상은 인간의 심장 안쪽을 혼자서 들여다보는 격렬한 모험을 하고 싶지 않았다. 내 이런 심정에 예외적인 대상이 딱 하나 있었으니, 바로 이 책의 제목이 말하는 개츠비 씨였다. 그는 내가 대놓고 경멸하는 모든 것을 상징하는 듯한 사람이었다. 인격이라는 것이 성공적인 제스처의 연속으로 이루어진다면, 그에게는 멋진 무언가가 있었다. 그것은 1만 6000킬로미터 바깥의 지진을 감지하는 정교한 기계에 연결된 듯한, 인생의 전망에 대한 예민한 감각이다. 이런 민감성은 '창조적 기질'이라고 미화되는 흐느적거리는 감수성과는 전혀 다르다. 그것은 내가 다른 누구에게서도 본 적 없는 희망에 대한 각별한 재능, 낭만적 민감성이었다. 결국 개츠비는 옳았다. 내가 사람들의 헛된 슬픔과 숨 가쁜 자만에 대한 관심을 잠시 접었던 것은 개츠비를 괴롭힌 것, 그의 꿈이 지나간 자리에 떠돌던 더러운 먼지 때문이었다.

우리 집안은 중서부(미국의 중서부는 주로 오대호 남서쪽 지역을 가리키지만, 이 작품에서는 동부를 제외한 대부분 지역을 중서부 또는 서부라고 칭한다—옮긴이)의 이 도시에서 3대에 걸쳐 명망과 부를 누렸다. 캐러웨이가는 가문이라 할 만하고 버클루 공작 집안의 후손이라는 전승도 있지만, 가문의 진정한 창시자는 우리 할아버지의 형으로, 1851년에 이곳에 와서 남북전쟁에 대리인을 보내고, 오늘날 우리 아버지가 이어받은 철물 도매업을 시작했다.

나는 이 큰할아버지를 본 적이 없지만 사람들은 내가 그와 닮았다고 하면서, 특히 아버지 사무실에 걸린 다소 엄격한 모습의 초상화와 많이 비교한다. 나는 1915년에 우리 아버지보다 정확히 25년 늦게 뉴헤이븐의 대학(예일대-옮긴이)을 졸업했고, 그 얼마 후에 대전쟁(1차 대전-옮긴이)이라는 뒤늦은 게르만 민족의 대이동에 참여했다. 나는 그 반격에 너무도 몰두한 나머지 귀국한 뒤 안정을 찾지 못했다. 중서부는 이제 세계의 뜨거운 중심이 아니라 우주의 허름한 변두리 같았다. 그래서 나는 동부로 가서 채권업을 배우기로 했다. 내가 아는 사람들이 전부 채권업에 종사했기에, 그 일이 독신 남성 한 명 정도는 더 먹여 살려줄 수 있을 것 같았다. 일가친척은 모두 내 대입 예비 학교라도 골라주듯 그 일을 심각하게 의논하고는 마침내 엄숙하고도 망설이는 얼굴로 "그래, 그러렴" 하고 말했다. 아버지가 1년 동안 재정 지원을 해주기로 했고, 여러 일이 자꾸 발목을 잡았지만 1922년 봄이 되자 나는 정착할 생각으로 동부로 갔다.

뉴욕 시내에 집을 구하는 것이 현실적이었지만, 따뜻한 계절이었고 넓은 잔디와 사랑스러운 나무들이 있는 시골을 떠나온 지 얼마 안 됐기 때문에, 사무실의 한 젊은 동료가 통근 가능한 교외 지역에 집을 구해서 같이 살자고 제안했을 때 반대할 이유가 없었다. 그는 월세 80달러짜리 낡은 단층집을 구했는데, 마지막 순간에 회사가 그를 워싱턴으로 전보 발령해서 나 혼자 시골에 가게 되었다. 나는 개가 있었고(며칠 뒤에 집을 나갔지만), 낡은 다지 자동차도 있었으며, 내 침대를 정돈하고 아침 식사를 차려주고 전기스토브 앞에서 혼자 핀란드 속담을 중얼거리는 핀란드인 가정부도 있었다.

거기서 하루 이틀 외롭게 지내던 어느 날 아침, 나보다 늦게 거기 온 어떤 사람이 길에서 나를 불러 세웠다.

"웨스트에그 마을에는 어떻게 가나요?" 그가 난감한 표정으로 물었다.

나는 대답해주었다. 그러고 나서 걷다 보니 이제 외롭지 않다는 느낌이 들었다. 나는 안내인, 개척민, 원주민이었다. 그는 자기도 모르게 나에게 이 동네에 살 자유를 허락했다.

그리하여 나는 햇빛과 빠른 화면처럼 폭발적으로 자라는 나뭇잎들 속에서, 인생이 여름과 함께 다시 시작한다는 익숙한 확신을 얻었다.

우선 읽어야 할 것도 많고, 신선하고 따사로운 공기 속에서 건강도 키워야 했다. 나는 은행업과 신용과 투자증권에 대한 책을 열두 권 샀고, 그 책들은 조폐소에서 방금 찍어낸 신권 같은 붉은색과 황금색을 빛내며 내 서가에 꽂혀서 미다스 왕과 J. P. 모건과 마이케나스만이 아는 반짝이는 비밀을 전해주리라 약속했다. 나는 다른 책도 많이 읽겠다고 마음먹었다. 대학 시절 나는 문학에 관심이 있었고(어느 해에는《예일 뉴스》에 진지하고도 확실한 사설을 연재했다), 이제 그런 것을 다시 내 인생에 들여와서 모든 전문가 중에 가장 드문 '균형

잡힌 인간'이 되고자 했다. 인생은 결국 창 하나로 볼 때 훨씬 더 잘 보인다는 말은 경구에 불과한 것이 아니다.

내가 북아메리카 전체에서도 두드러지게 특이한 그 지역에 집을 얻은 것은 우연이었다. 그 집은 뉴욕 정동쪽으로 뻗은 길고 떠들썩한 섬(롱아일랜드섬을 말한다. 섬의 서쪽 끝은 뉴욕시의 일부를 이루고, 중서부는 뉴욕주 나소 카운티, 나머지는 서포크 카운티이다. 소설의 배경인 웨스트에그와 이스트에그는 가상의 지명으로, 나소 카운티의 그레이트넥과 카우넥을 가리킨다−옮긴이)에 있었는데, 그 섬에는 신기한 자연경관이 많지만 그중에서도 특히 독특한 지형이 두 개 있다. 뉴욕에서 30여 킬로미터 거리에 있는 큼직한 달걀 한 쌍이다. 똑같이 생긴 이 두 지역은 예의상 만灣이라고 부르는 좁은 바닷물(맨해셋만−옮긴이)을 사이에 두고 갈라져서 서반구에서 가장 길들여진 바다인 롱아일랜드해협을 향해 뻗어 있다. 완벽한 타원형은 아니지만(콜럼버스의 달걀처럼 바닥 쪽이 납작하게 깨어져 있다), 그 똑 닮은 모양새는 하늘의 갈매기들에게 끝없는 혼란을 일으켰을 것이다. 하지만 날개 없는 자들에게 더욱 흥미로운 것은 두 지역이 모양과 크기만 빼면 모든 면에서 서로 다르다는 것이다.

나는 웨스트에그, 두 지역 중 덜 화려한 곳에 살았다. 하지만 이것은 피상적인 표현으로, 양쪽의 기이하다 못해 꽤 불길한 대조를 표현하지 못한다. 내 집은 달걀 맨 꼭대기 부분, 롱아일랜드해협과 50미터도 떨어지지 않은 곳에 있었고, 집 양옆으로는 한 철 임대료가 1만 2000달러에서 1만 5000달러나 되는 거대한 저택들이 있었다. 오른쪽 집은 어떤 기준으로 보아도 대저택이었다. 노르망디 시청을 그대로 본뜬 것으로, 한쪽에는 담쟁이가 얇게 덮은 탑이 있고, 대리석 수영장을 비롯해 16헥타르가 넘는 잔디와 정원이 있었다. 그곳은 개츠비의 저택이었다. 아니, 내가 아직 개츠비 씨를 몰랐기 때문에, 개츠비라는 이름의 신사가 사는 저택이라고 해야 했다. 내 집은 볼품없지만 크기가 작아서 별문제가 되지 않았고, 사람들도 신경 쓰지 않았다. 그래서 나는 바다를 누리고, 이웃의 잔디밭 한구석을 누리고, 또 백만장자들이 이웃이라는 위안을 누렸다, 80달러의 월세로.

만이라고 하기에도 민망한 만 건너편 해변에는 화려한 이스트에그의 궁전 같은 흰 저택들이 반짝거리고, 그해 여름의 이야기는 내가 자동차를 몰고 톰 뷰캐넌의 집에 식사를 하러 간 저녁에 시작한다. 데이지는 내 육촌 누이고, 톰과 나는 대학 시절에 알던 사이다. 전쟁이 끝난 뒤에도 나는 시카고에서 그들 부부와 이틀을 함께 보낸 적이 있다.

데이지의 남편은 다양한 육체적 성취를 이루었지만, 특히 예일대학 미식축구 역사상 가장 뛰어난 엔드(라인 양 끝의 포지션─옮긴이) 중 한 명이었다. 어떤 면에서는 전국적 인물로, 스물한 살 나이에 너무도 큰 성취를 이루어서 그 이후의 모든 것이 내리막길처럼 보이는 사람이었다. 집이 대단한 부자였지만(대학 시절에도 돈을 물 쓰듯 해서 비난을 받았다), 그는 이제 시카고를 떠나서 아주 놀라운 방식으로 동부로 왔다. 한 예로, 레이크포리스트(시카고 교외의 소도시―옮긴이)에서 폴로 경기용 말 한 무리를 데리고 왔다. 내 또래 남자가 그런 일을 할 만큼 돈이 많다는 사실은 실감하기 어려웠다.

그들이 왜 동부로 왔는지 나는 모른다. 그들은 전에 별다른 이유 없이 프랑스에서 1년 살았고, 그런 뒤 폴로 경기를 할 수 있고 다른 부자들과 어울릴 수 있는 곳을 여기저기 떠돌았다. 이번이 마지막 이주라고 데이지는 전화로 말했지만 나는 믿지 않았다. 내가 데이지의 속마음을 알 수야 없지만, 톰은 되찾을 수 없는 미식축구 경기의 극적인 격렬함을 동경하며 그것을 찾아 영원히 떠돌 것 같았다.

그래서 따뜻한 바람이 부는 어느 날 저녁, 나는 실상 아는 바가 거의 없는 두 옛 친구를 만나러 차를 몰고 이스트에그로 갔다. 그들의 집은 예상했던 것보다 훨씬 더 화려했다. 붉은색과 흰색으로 꾸민 조지왕 식민지 시대풍의 유쾌한 저택은 만을 내려다보는 곳에 있었다. 해변에서 시작한 잔디가 400미터 정도 떨어진 현관문 앞까지 이어졌고, 중간중간에 해시계와 벽돌 산책길과 타오르는 정원들이 있었다. 마침내 집 앞에 이른 잔디는 기세를 탄 듯 밝은 빛 덩굴이 되어 집 옆면을 기어 올라갔다. 집 정면에는 나란히 낸 프랑스식 창문(큼직한 격자 창살이 있는 대형 두 짝 여닫이 창문─옮긴이)들이 이따금 황금빛으로 반짝이며 따뜻한 바람이 부는 오후를 향해 활짝 열려 있고, 승마복 차림인 톰 뷰캐넌이 현관 포치에 다리를 벌리고 서 있었다.

톰은 뉴헤이븐 시절과 달라져 있었다. 이제 그는 건장한 체격에 푸석거리는 금발 머리, 단단한 입매와 거만한 태도를 지닌 서른 살 남자였다. 오만하게 반짝이는 두 눈이 얼굴에서 유난히 두드러져서, 언제나 공격적으로 몸을 기울이는 것 같은 인상을 주었다. 승마복의 여성적인 맵시도 그 몸이 지닌 엄청난 힘을 감출 수 없었다. 반짝이는 승마화 속 두 발은 신발 끈을 팽팽하게 밀어내는 것 같고, 어깨를 움직이면 얇은 코트 안에서 큼직한 근육의 움직임이 보일 지경이었다. 그것은 거대한 힘을 담은 몸, 잔혹한 몸이었다.

거친 허스키에 높은 음조인 목소리는 성마른 인상을 더 키워주었다. 거기 담긴 오만한 경멸은 좋아하는 사람들 앞에서도 마찬가지였다. 뉴헤이븐에서는 그의 배짱을 싫어한 사람들이 있었다.

"내가 자네들보다 강하고 남자답긴 하지만, 그렇다고 내 의견이 이 문제의 결론이 되는 건 아니야." 그는 그렇게 말하는 것 같았다. 우리는 4학년 때 같은 클럽이었는데, 서로 친했던 적은 없지만 나는 항상 그가 나를 인정한다고, 그리고 내가 자기에게 저처럼 거칠고 반항적인 호감을 보이기를 바란다고 느꼈다.

우리는 햇빛 밝은 포치에서 잠시 이야기를 나누었다.

"여기 좋은 집을 구했어." 그가 눈을 이리저리 불안하게 번득이며 말했다.

톰은 팔을 잡고 나를 돌려세우더니 넓적한 손으로 눈앞의 풍경을 가리켰다. 그가 가리키는 곳에는 이탈리아식 낮은 정원, 2000제곱미터에 이르는 색깔도 향기도 진한 장미, 해변에서 물결에 부딪히는 뭉툭코 모양 모터보트 등이 있었다.

"석유 회사를 하던 드메인의 집이었어." 그는 나를 다시 돌려세웠는데, 태도는 무례하지 않았지만 갑작스러웠다. "안에 들어가지."

우리는 천장 높은 복도를 걸어 밝은 장밋빛에 감싸인 공간으로 들어갔는데, 그곳은 양쪽 끝의 프랑스식 창문으로 집과 간신히 연결되어 있었다. 살짝 열린 그 창문들은 마치 집 안까지 들어온 듯한 싱그러운 풀 앞에서 흰색으로 반짝였다. 산들바람이 방 안으로 들어와 커튼을 하얀 깃발처럼, 한쪽 끝은 방 안으로, 다른 쪽 끝은 바깥으로 휘날렸다. 커튼은 설탕 입힌 웨딩 케이크 모양 천장으로 비틀려 올라갔다가, 포도주색 깔개에 물결을 일으켜서 바람 부는 바다 같은 그림자를 만들었다.

방 안에 고요히 있는 사물은 대형 소파뿐이고, 그 위에 젊은 여자 두 명이 정박한 풍선에 앉은 듯 둥실 떠 있었다. 둘 다 하얀 옷을 입었는데, 방금 전까지 집 주변을 날아다니다 방 안으로 날려 들어온 것처럼 옷이 잔물결을 일으키며 파닥였다. 나는 잠시 가만히 서서 커튼 펄럭이는 소리와 벽에 걸린 그림 삐걱대는 소리를 들었던 것 같다. 톰 뷰캐넌이 이내 쾅 소리를 내면서 뒤쪽 창문을 닫아 바람을 막았고, 커튼과 깔개와 두 여자는 천천히 바닥으로 내려앉았다.

둘 중에 더 젊은 여자는 처음 보는 사람이었다. 그 여자는 소파 한쪽에 몸을 길게 늘이고 앉아 있고, 턱에 금세라도 떨어질 무언가를 얹은 듯 턱을 약간 든 채 꼼짝도 하지 않았다. 여자가 곁눈질로 나를 보았는지 어쨌는지 알 수 없지만, 겉으로는 아무런 내색이 없었다. 실제로 나는 당황한 나머지 이렇게 불쑥 들어와 방해해서 미안하다고 사과할 뻔했다.

다른 여자는 데이지였다. 그는 일어나려고 하며 진지한 표정으로 몸을 앞으로 기울이다가 어리숙하고 사랑스럽게 웃었다. 나도 웃으며 안으로 들어갔다.

"미치도록 반가워."

데이지는 재치 넘치는 말이라도 한 것처럼 다시 웃은 뒤 잠시 내 손을 잡고 이 세상에 나만큼 보고 싶었던 사람이 없었던 듯이 내 얼굴을 들여다보았다. 그것이 데이지의 방식이었다. 데이지는 턱을 든 여자의 성이 베이커라고 나직이 알려주었다. (데이지가 목소리를 낮추는 것은 오직 사람들이 자기에게 몸을 바짝 기울이게 만들기 위해서라고 말하는 사람도 있었다. 하지만 그런 부당한 비난이 그 행동의 매력을 깎지는 못했다.)

어쨌건 베이커 양은 입술을 살짝 움직이고 보일락 말락 눈인사를 한 뒤 고개를 얼른 다시 젖혔다. 턱에 얹은 물체가 흔들려서 놀란 것 같았다. 내 입술은 다시 한번 사과 비슷한 말을 중얼거렸다. 충만한 자족감을 보이는 사람은 나에게 언제나 경탄을 일으킨다.

나는 낮고 매력적인 목소리로 질문을 하기 시작한 육촌 누이를 돌아보았다. 말소리 하나하나가 다시는 연주되지 않을 음표라도 되는 듯 귀를 쫑긋 세우게 만드는 목소리였다. 데이지의 얼굴은 밝은 것들, 밝은 눈과 밝고 열렬한 입으로 슬프면서도 사랑스러웠지만, 그 목소리에는 그를 사랑한 남자들은 쉽게 잊지 못하는 흥분이 담겨 있었다. 그것은 노래하는 충동, "들어봐" 하는 속삭임, 자신이 방금 재미있고 흥미로운 일을 했으며 재미있고 흥미로운 일이 금세 다시 일어날 거라는 약속이었다.

나는 동부로 오는 길에 시카고에서 하룻밤을 지냈는데,

그때 데이지에게 안부를 전해달라 부탁한 사람이 열 명도 넘었다고 말했다.

"사람들이 날 보고 싶어 해?" 데이지가 기쁨에 들떠서 소리쳤다.

"온 시카고가 황량해. 자동차들은 전부 슬픔의 표시로 뒷바퀴를 검게 칠했고, 노스쇼어에는 밤새 흐느낌이 그치지 않아."

"아, 정말 좋다! 우리 다시 돌아가자, 톰. 내일!" 그러더니 데이지는 뜬금없이 내게 말했다. "우리 아기를 봐야지."

"그래, 좋아."

"지금은 자고 있어. 이제 두 살이야. 아직 못 봤지?"

"응, 한 번도."

"우리 딸을 봐야 해. 그 애는……."

톰 뷰캐넌은 방 안을 불안하게 서성거리다 멈추고 내 어깨에 손을 얹었다.

"자네는 무슨 일을 해, 닉?"

"채권 회사에 다녀."

"어느 회사?"

내가 대답했다.

"난 못 들어봤군." 그가 단호하게 말했다.

불쾌했다.

"동부에서 계속 살면 듣게 될 거야." 내가 냉랭하게 말했다.

"아, 나는 동부에서 계속 살 거야. 걱정 마." 톰이 무언가 경계하듯 데이지를 보더니 이어서 나를 보고 말했다. "바보 천치가 아니라면 다른 데서 살 리가 없지."

이때 베이커 양이 불쑥 "그렇고말고요!" 하고 말해서 나는 깜짝 놀랐다. 그것은 내가 그 방에 들어간 뒤 그가 처음으로 한 말이었다. 그 자신도 자기 말에 나만큼이나 놀란 것 같았다. 하품을 하더니 빠르고 능숙한 동작으로 일어섰기 때문이다.

"온몸이 뻣뻣해." 베이커 양이 투덜거렸다. "소파에 얼마나 오래 누워 있었는지 모르겠어."

"나한테 뭐라고 하지 마." 데이지가 쏘아붙였다. "오후 내내 너한테 뉴욕에 가자고 했잖아."

"아뇨, 됐어요." 베이커 양이 방금 들어온 칵테일 네 잔에 대고 말했다. "지금 훈련 중이라서요."

톰 뷰캐넌은 믿을 수 없다는 눈길로 그를 보았다.

"그렇겠지!" 톰은 술이 잔 바닥에 한 방울밖에 남지 않은 것처럼 칵테일을 들이마셨다. "네가 어떻게 무언가를 해내는지 나는 도무지 모르겠어."

나는 그가 '해낸' 게 무엇인지 궁금해서 베이커 양을 바라보았다. 그를 보는 일은 즐거웠다. 그는 날씬한 몸매에 가슴이 작았으며, 젊은 사관생도처럼 어깨를 뒤로 젖혀서 꼿꼿한 자세가 더 두드러졌다. 창백하고 예쁘고 부루퉁한 얼굴에 담긴 회색 눈동자가 나와 똑같은 점잖은 호기심을 품고 나를 바라보았다. 나는 그제야 전에 어디선가 그를, 아니면 그의 사진을 본 적 있다는 생각이 들었다.

"웨스트에그에 사신다고요." 베이커 양이 깔보듯이 말했다. "저 아는 사람도 거기 살아요."

"저는 아무도 몰……."

"개츠비는 알지 않나요?"

"개츠비라고? 어떤 개츠비?" 데이지가 물었다.

내가 우리 옆집 사람이라고 대답할 겨를도 없이 저녁 식사가 준비되었다는 전갈이 왔다. 톰 뷰캐넌은 내 겨드랑이에 억센 팔을 끼워 넣고 체스 판의 말을 움직이듯 나를 이끌고 갔다.

두 여자는 두 손을 허리에 얹은 날씬하고 나른한 자태로 노을이 내다보이는 장밋빛 포치로 나갔다. 누그러든 바람 속에 촛불 네 개가 테이블 위에서 깜박거렸다.

"왜 촛불을 켰지?" 데이지가 얼굴을 찌푸리며 손으로 촛불을 껐다. "2주일만 있으면 1년 중 낮이 가장 긴 날이야." 그러더니 환한 얼굴로 우리를 보았다. "여러분은 하지를 기다리다 놓치는 편인가요? 나는 늘 하지를 기다리다 놓쳐요."

"계획을 해야 해." 베이커 양이 하품을 하면서, 잠자리에 드는 것처럼 테이블 앞에 앉았다.

"좋아, 뭘 계획하지?" 데이지가 말하고는 무기력한 얼굴로 나를 보았다. "사람들은 어떤 계획을 해?"

내가 대답할 겨를도 없이 데이지가 안타까운 눈길을 새끼손가락으로 돌렸다.

"여기 봐! 손가락을 다쳤어." 데이지가 말했다.

우리 모두 그쪽을 보았다. 손마디에 멍이 들어 있었다.

"당신이 이랬어, 톰." 데이지가 나무라며 말했다. "일부러 그런 건 아니지만 어쨌건 당신 때문이야. 내가 야수 같은 남자, 덩치 있는 남자하고 결혼한 대가지."

"나는 덩치라는 말이 싫어, 농담이라도." 톰이 불쾌해하며 말했다.

"덩치." 데이지가 다시 말했다.

데이지와 베이커 양은 이따금 함께 대화했지만 조용조용히 주고받는 그 시시한 농담들은 수다라고 할 수 없고, 그들의 흰 드레스만큼이나, 또한 그들의 욕망 없이 무심한 눈길만큼이나 서늘했다. 그들은 거기서 톰과 나를 받아들이며, 그저 상대를 대접하고 자신도 대접받으려는 예의 바르고 상냥한 노력을 기울일 뿐이었다. 그들은 저녁 식사가 곧 끝나고 잠시 후에는 저녁 시간도 끝나서 정리되리라는 것을 알았다. 서부와는 완전히 달랐다. 그곳에서 저녁 시간은 계속되는 기대와 실망 속에, 또는 순간순간 불안한 공포 속에 단계적으로 종언을 향해 달려간다.

"너랑 같이 있으니까 내가 야만인이 된 것 같다, 데이지." 내가 코르크 냄새는 나지만 꽤 훌륭한 클라레 와인을 두 잔째 마시다가 인정했다. "농작물이나 그런 이야기를 할 수는 없어?"

특별한 의도 없이 한 말이었지만, 예상치 못한 반응이 나왔다.

"문명이 박살 나고 있어." 톰이 격하게 소리쳤다. "나는 지독한 염세주의자가 되었어. 자네, 고다드라는 사람의 『유색 제국의 발흥』(실제로는 매디슨 그랜트의 『위대한 인종의 멸망』-옮긴이) 읽어봤어?"

"아니." 나는 그의 목소리에 놀라서 대답했다.

"좋은 책이야. 모두 읽어야 해. 그 책은 방심하다가는 백인이 완전히 파멸할 거라고 말해. 모두 과학적으로 증명됐어."

"톰은 아주 심오해지고 있어." 데이지가 별생각 없는 슬픈 표정으로 말했다. "어려운 말이 많이 나오는 심오한 책들을 읽어. 그게 뭐더라……?"

"다 과학적인 내용이야." 톰이 참을 수 없다는 듯 데이지를 건너다보며 말했다. "저자는 철저히 조사했어. 주류 인종인 우리가 방심하다가는 다른 인종이 세상을 지배하게 될 거야."

"그들을 밟아버려야 해." 데이지가 타오르는 태양을 향해 눈을 맹렬히 깜박이며 속삭였다.

"두 분은 캘리포니아에 살아야……." 베이커 양이 입을 열었지만, 톰이 의자에서 몸을 무겁게 움직여서 말을 중단시켰다.

"그 책은 우리가 북유럽 인종이라고 말해. 나도 그렇고, 자네도 그렇고, 베이커 양도 그렇고 또……" 톰은 머뭇거림 없이 가벼운 고갯짓으로 데이지도 거기 포함시켰고, 데이지는 다시 내게 윙크했다. "……그리고 우리는 문명을 만드는 온갖 것을 다 생산했어. 과학과 예술과 그런 것 전체를 말야. 알고 있어?"

그의 열변에는 무언가 처량한 것이 있었다. 지난날보다 더 강해진 그의 만족감이 이제는 더 이상 충분하지 않은 것 같았다. 그가 말을 마칠 새도 없이 안에서 전화가 울렸고, 집사가 포치를 떠나자 데이지는 대화가 중단된 틈을 타서 내게 몸을 기울였다.

"오빠한테 우리 집 비밀을 하나 말해줄게." 데이지가 즐거운 목소리로 속삭였다. "집사의 코 이야기야. 집사의 코 이야기 듣고 싶어?"

"그 이야기를 들으려고 오늘 내가 온 거야."

"저 사람은 처음부터 집사가 아니었어. 뉴욕에서 200명의 은그릇을 닦아주는 회사에서 일했어. 밤낮없이 그릇을 닦다 보니 마침내 코가 그 영향을 받아서……."

"사정이 점점 나빠졌군." 베이커 양이 말했다.

"그래, 사정이 점점 나빠져서 결국 일을 그만두어야 했어."

마지막 햇살이 데이지의 발그레한 얼굴에 잠시 낭만적인 분위기를 던져주었다. 데이지의 목소리에 나는 숨을 죽이고 집중해서 들을 수밖에 없었다. 그런 뒤 그 광채가 사라졌다. 빛줄기 하나하나가, 해가 지면서 놀던 거리를 떠나는 아이들처럼 아쉬워하며 데이지를 떠났다.

집사가 돌아와서 톰의 귀에 뭐라고 속삭이자, 톰은 얼굴을 찌푸리더니 의자를 뒤로 물리고 말도 없이 집 안으로 들어갔다. 톰이 자리를 비우자, 안에 있는 무언가가 살아난 듯 데이지가 다시 몸을 기울였다. 목소리가 환하고도 낭랑했다.

"오빠랑 같이 식사하게 돼서 기뻐. 오빠를 보면 장미가 생각나. 순수한 장미. 안 그러니?" 데이지가 베이커 양에게 물었다. "순수한 장미 같지?"

그건 전혀 사실이 아니었다. 나는 약간이라도 장미 같은 구석이 없다. 데이지는 생각나는 대로 말하고 있었지만 설레는 온기가 그에게서 흘러나왔다. 데이지의 심장이 그 숨 가쁘고 짜릿한 표현들에 몸을 감추고 우리 앞으로 나오려고 하는 것 같았다. 하지만 그는 갑자기 냅킨을 테이블에 던지더니 실례한다며 안으로 들어갔다.

베이커 양과 나는 어색하게 의미 없는 눈길을 주고받았다. 내가 무슨 말인가 하려고 하자 베이커 양이 허리를 곧추세우고 경고하는 목소리로 "쉿!" 하고 말했다. 안쪽 방에서 나지막이 억누른 격렬한 속삭임이 들려왔고, 베이커 양은 부끄러운 기색도 없이 그 말을 들으려고 몸을 내밀었다. 말소리는 들릴 듯 말 듯한 경계선에서 오르내리다가 가라앉았다가 격렬하게 솟아올랐다가 마침내 완전히 멈추었다.

"베이커 양이 말한 개츠비 씨는 제 바로 옆집 이웃입니다……." 내가 말했다.

"조용. 무슨 일인지 궁금해요."

"무슨 일이 있나요?" 내가 아무것도 모르고 천진하게 물었다.

"모르신다는 건가요?" 베이커 양이 진심으로 놀라서 말했다. "모두가 아는 줄 알았는데요."

"저는 모릅니다."

"그게……" 그가 머뭇거렸다. "톰이 뉴욕에 여자가 있어요."

"여자가 있다고요?" 내가 멍하니 말했다.

베이커 양이 고개를 끄덕였다.

"그 여자도 저녁 식사 때 전화하는 건 예의가 아니라는 걸 알 텐데요. 그렇지 않은가요?"

내가 그 말의 의미를 제대로 이해하기도 전에 옷 소리와 구두 소리가 나면서 톰과 데이지가 테이블로 돌아왔다.

"어쩔 수 없었어!" 데이지가 억지웃음을 띠고 소리쳤다.

데이지는 자리에 앉으면서 탐색하는 눈길로 베이커 양을 보더니 이어 나를 보며 말했다. "잠깐 바깥을 봤는데 정말 낭만적이야. 잔디밭에 새가 한 마리 있어. 큐나드사나 화이트스타사의 배를 타고 온 나이팅게일이 분명해. 그 새가 노래를 해……." 그 목소리가 노래하듯 낭랑했다. "……아주 낭만적이지 않아, 톰?"

"그래, 낭만적이야." 톰이 대답하더니 이어서 괴로운 목소리로 내게 말했다. "식사 후에도 햇빛이 남아 있으면 자네한테 마구간을 보여주고 싶어."

갑자기 안에서 전화가 울렸고, 데이지가 톰을 바라보며 단호하게 고개를 젓자 마구간 이야기를 비롯한 모든 이야기가 허공으로 사라졌다. 저녁 식사 시간 마지막 5분에 일어난

31

단편적인 일들 가운데 기억나는 것은 아무 의미 없이 촛불이 다시 켜졌던 일, 그리고 내가 모두를 똑바로 바라보고 싶다고 느끼면서도 모든 눈길을 피했던 일이다. 데이지와 톰이 무슨 생각을 하는지 짐작할 수 없었지만, 강력한 회의주의에 패나 통달한 것처럼 보이는 베이커 양조차 금속성 벨 소리와 함께 찾아온 이 다섯 번째 손님의 다급한 태도를 머릿속에서 완전히 떨치지 못했을 것이다. 어떤 기질의 사람은 이런 상황이 흥미로웠을지도 모른다. 하지만 나는 당장 경찰에 전화하고 싶었을 뿐이다.

말 이야기는 당연히 화제에서 사라졌다. 톰과 베이커 양은 땅거미 속에 몇 걸음 간격을 두고 마치 시신을 지키러 가는 사람들처럼 천천히 서재로 돌아갔고, 나는 애써 유쾌한 듯, 귀가 잘 안 들리는 듯한 표정을 짓고 데이지를 따라 서로 연결된 여러 베란다를 거닐다가 포치로 나갔다. 그리고 짙어지는 어둠 속 긴 고리버들 의자에 데이지와 나란히 앉았다.

데이지는 제 얼굴의 아름다운 형태를 느껴보듯 두 손으로 얼굴을 감싸고, 부드러운 황혼 속으로 차츰 시선을 옮겼다. 나는 데이지가 격렬한 감정에 사로잡혀 있다는 걸 알았기에 내 딴에는 진정시켜주기 위해 어린 딸에 대해 물었다.

"우리는 서로를 잘 몰라." 그가 불쑥 말했다. "친척인데도 말야. 오빠는 내 결혼식에 오지 않았어."

"그때는 전쟁터에 있었어."

"그건 맞아." 그는 망설였다. "난 아주 힘든 시간을 보냈고, 모든 일에 냉소적이 되어버렸어."

충분히 그럴 만해 보였다. 나는 말없이 기다렸지만 데이지가 더 이상 말하지 않기에 잠시 후 어설프게 다시 딸 이야기를 꺼냈다.

"이제 말도 하지? 밥도 잘 먹고 못 하는 게 없겠네."

"아, 맞아." 그가 멍한 눈으로 나를 보았다. "오빠, 그 애가 태어났을 때 내가 뭐라고 말했는지 알아? 말해줄까?"

"그래, 말해줘."

"그러면 세상에 대한 내 느낌을 알 수 있을 거야. 아이가 태어난 지 한 시간도 안 됐는데 톰은 어디론가 사라졌어. 마취에서 깬 나는 버려졌다는 심정이 들었고, 간호사에게 아들인지 딸인지 물었지. 간호사가 딸이라고 하기에 고개를 돌리고 울다가 말했어. '좋아요. 딸이라서 좋네요. 아이가 바보로 자랐으면 좋겠어요. 그게 여자한테 최선이에요. 아름다운 바보가 되는 거요.' 어쨌건 나는 지금 모든 게 끔찍해."

데이지가 확고한 목소리로 말을 이었다. "다들 그렇지…… 앞서가는 사람들은. 그리고 나는 알아. 모든 걸 겪고 모든 걸 보고 모든 일을 해봤으니까." 그의 눈이 톰과 비슷하게 번득이며 반항적으로 주변을 훑더니, 날 선 경멸을 담고 웃었다. "난 닳고 닳았어. 아, 순진함을 다 잃었어!"

데이지의 목소리가 끊겨서 내 관심과 믿음을 촉구하지 않게 된 순간, 나는 그의 말이 진실되지 않다고 느꼈다. 그리고 그날 저녁 전체가 내게서 각자 원하는 감정을 이끌어내기 위한 속임수라도 된 듯한 불쾌감이 들었다. 내가 가만있자 데이지는 이내 그 예쁜 얼굴에 만족스러운 미소를 띠고 니를 바라보았다. 마치 자신과 톰이 어떤 유명 비밀 클럽의 회원 임을 보여주었다고 말하는 것 같았다.

집 안에 들어가자 진홍색 방이 불빛으로 환했다. 톰과 베이커 양은 긴 소파 양 끝에 앉았고, 베이커 양이 톰에게 《새터데이 이브닝 포스트》를 읽어주고 있었다. 단어들이 부드러운 목소리에 실려 나직하고 굴곡 없이 흘렀다. 램프 불빛이 톰의 구두 위에서 번득이고 노란 단풍 빛깔 머리카락에 둔한 빛을 던지더니, 베이커 양이 가느다란 팔근육을 움직여 잡지를 넘길 때 종이 위에서 반짝였다.

우리가 들어가자, 베이커 양이 팔을 들어 잠시 우리 말을 막았다.

"다음 호에 계속됩니다." 베이커 양이 잡지를 테이블에 던지며 말했다.

그러고는 무릎을 불안하게 움직이더니 자리에서 일어

섰다.

"10시예요." 베이커 양이 천장에서 시간을 읽은 것처럼 말했다. "이 착한 처녀는 잠자리에 들어야겠어요."

"조던은 내일 웨스트체스터에서 경기가 있어." 데이지가 설명했다.

"아, 당신은 조던 베이커로군요."

나는 이제 왜 그의 얼굴이 익숙한지 알았다. 그 상큼한 경멸을 담은 표정은 애슈빌, 핫스프링스, 팜비치의 스포츠 기사에 딸린 사진에 자주 보였다. 나는 그에 관한 어떤 기사도 읽었다. 비판적이고 불쾌한 내용이었는데 정확히 뭐였는지는 오래전에 잊었다.

"모두 안녕. 8시에 깨워줘요." 그가 나긋하게 말했다.

"네가 일어나면."

"일어날게. 안녕, 캐러웨이 씨. 또 봐요."

"물론 또 봐야지." 데이지가 말했다. "사실 나는 결혼을 주선할까 생각 중이야. 오빠, 여기 자주 와. 내가 두 사람을 뭐랄까, 가깝게 해줄 테니까. 그러니까 우연히 옷장에 가둔다거나, 보트에 태워서 바다에 내보낸다거나 그런 거 말야……."

"모두 잘 자요." 베이커 양이 계단에서 소리쳤다. "나는 한마디도 못 들었어요."

"좋은 여자야." 잠시 후 톰이 말했다. "이런 식으로 전국을 떠돌게 만들면 안 돼."

"누가 떠돌게 만드는데?"

"조던의 가족이지."

"조던의 가족이라야 나이가 천 살쯤 된 고모가 전부야. 하지만 앞으로는 오빠가 돌봐줄 거야. 그렇지, 오빠? 조던은 올여름에 여기서 주말을 많이 보낼 거야. 가정적 분위기가 도움이 될 거야."

데이지와 톰은 침묵 속에 잠시 서로를 보았다.

"베이커 양은 뉴욕 출신이야?" 내가 얼른 물었다.

"루이빌(켄터키주의 도시-옮긴이) 출신이야. 우리는 거기서 함께 순수한 소녀 시절을 보냈지. 아름답고 순수한……."

"베란다에서 닉한테 심금을 털어놓았어?" 톰이 불쑥 물었다.

"뭐?" 데이지가 나를 보았다. "기억이 잘 안 나지만, 북유럽 인종 이야기를 했던 것 같아. 맞아, 그랬어. 어쩌다 그 이야기가 나왔는데, 그러자……."

"데이지가 하는 말 다 믿지 마, 닉." 톰이 내게 충고했다.

나는 아무 말도 못 들었다고 가볍게 말하고는 이윽고 집에 가려고 일어섰다. 그들은 현관까지 배웅을 나와서 밝은 사각 불빛 안에 나란히 섰다. 내가 자동차에 시동을 걸자 데이지가 "잠깐!" 하고 단호하게 외쳤다.

"중요한 얘기 물어본다는 거 깜박했어. 오빠가 서부에 약혼자가 있다는 말을 들었거든."

"맞아. 자네가 약혼했다는 말을 들었어." 톰이 친절하게 끼어들었다.

"무슨 헛소리. 나는 돈이 없어."

"하지만 분명히 들었어." 데이지가 다시 꽃처럼 환한 표정이 되어서 나를 놀라게 했다. "세 사람한테 들었으니 사실 아냐?"

물론 나는 그들이 무슨 이야기를 하는지 알았지만 나는 약혼 비슷한 것도 하지 않았다. 결혼 소문이 퍼진 것도 내가 동부로 오게 된 이유 가운데 하나였다. 소문 때문에 옛 친구를 포기할 수는 없지만, 소문에 밀려 결혼할 생각도 없었다.

그들이 보여준 관심은 약간 감동스러웠고, 그들이 가진 부에 대한 위압감도 줄어들었다. 하지만 집으로 오는 길에 나는 혼란스럽고 약간 불쾌하기도 했다. 내가 볼 때 데이지는 아이를 데리고 그 집을 뛰쳐나가야 했다. 하지만 데이지는 그럴 생각이 전혀 없어 보였다. 톰에 대해서라면, '뉴욕에 여자가 있다'는 사실보다 그가 책을 읽고 침울해졌다는 말이 더 놀라웠다. 그의 강고한 육체적 이기주의가 더 이상 오만한 심장을 살찌우지 못하는 듯, 무언가 그로 하여금 케케묵은 사상의 주변부를 집적거리게 하고 있었다.

　길가 여관 지붕들과 정비소들 앞마당은 이미 한여름이어서 빨간색 새 주유기들이 햇볕 속에 나와 있고, 나는 웨스트에그의 집에 도착해서 차를 차고에 넣은 뒤 마당에 버려진 잔디 롤러에 잠시 앉아 있었다. 바람이 지나가자 나무 위에 날갯짓이 일면서 밤이 떠들썩하니 환해졌고, 땅의 풀무질에 생명을 얻은 개구리들이 쉬지 않고 오르간 소리를 냈다. 고양이 실루엣이 달빛 속에 흔들리며 지나가길래 보려고 고개를 돌렸더니 나 혼자가 아니었다. 누군가 이웃집 저택의 그림자 속에서 나와, 내게서 15미터 떨어진 거리에서 두 손을 주머니에 꽂은 채 은색 가루 같은 별이 가득한 하늘을 바라보고 있었다. 그 여유로운 동작과 잔디를 굳게 디딘 발을 보니, 개츠비 씨가 우리 동네 하늘에서 자신의 지분이 얼마나 되는지 확인하려고 나온 것 같았다.

　나는 그를 부르려고 했다. 베이커 양이 저녁 식탁에서 그를 언급했고, 그걸로 인사말을 삼을 수 있을 것 같았다. 하지만 갑자기 그가 혼자 있는 데 만족하는 듯한 기색을 보여서 그러지 않기로 했다. 그는 어두운 바다를 향해 두 팔을 이상한 방식으로 뻗었는데, 거리가 꽤 멀었지만 나는 그가 떨고 있다고 확신했다. 나 역시 나도 모르게 바다를 보았다. 하지만 멀리서 반짝이는 작은 녹색 불빛 하나를 빼면 이렇다

할 것은 아무것도 없었다. 그건 어느 집 선착장을 알리는 불
빛 같았다. 그러다 다시 돌아보자 개츠비는 사라지고, 소란
스러운 어둠 속에 다시 나 혼자였다.

2장

웨스트에그에서 뉴욕으로 가는 길 중간쯤에서 도로는 갑자기 철도와 만나서 400미터 정도를 나란히 달린다. 어느 황량한 지역을 피하기 위해서다. 그곳은 잿더미 계곡으로, 재가 밀처럼 자라서 산등성이와 언덕과 기이한 정원을 이루는 환상적인 농장이다. 거기서는 재가 집과 굴뚝과 연기 모양을 띠고, 그러다 마침내 엄청난 노력으로 잿빛 인간이 되어 희미하게 움직이며 뿌연 대기 속으로 바스러진다. 이따금 회색 자동차 행렬이 이 보이지 않는 길을 꾸물꾸물 기어가다 끼익 섬뜩한 소리를 내면서 멈추면 납으로 만든 삽을 든 잿빛 인간들이 즉시 몰려나와서 자욱한 구름을 일으키고 구름은 잿빛 인간들의 정체 모를 일을 휘장처럼 가려준다.

하지만 회색 땅과 그 위를 끝없이 떠돌며 경련하는 황량한 먼지 위로 금세 T. J. 에클버그 박사의 눈이 떠오른다. T. J.

에클버그 박사의 눈은 파랗고 거대하다. 홍채의 높이가 1미터 가까이 된다. 눈 주변에 얼굴은 없고, 보이지 않는 코에 노란색 대형 안경만 걸쳐져 있다. 어떤 익살맞은 안과 의사가 퀸스구에서 돈을 좀 벌어보려고 설치했다가 자기가 시력을 잃었거나 아니면 광고판을 잊고 떠난 게 분명했다. 하지만 그의 두 눈은 지난 세월의 햇빛과 비에 흐릿해진 채로 장엄한 쓰레기 처리장을 내려다본다.

잿더미 계곡 한쪽에는 작고 더러운 강이 흐르고, 도개교를 열어 바지선을 통과시킬 때면 기차가 멈추고 승객들은 때로 30분까지 그 우울한 풍경을 보아야 한다. 기차는 적어도 1분은 항상 정차하고, 내가 톰 뷰캐넌의 내연녀를 처음 만난 것도 그 때문이었다.

톰에게 내연녀가 있다는 것은 그를 아는 모든 집단에 공공연한 사실이었다. 지인들은 그가 내연녀를 데리고 인기 레스토랑에 나타나서 여자를 테이블에 두고 어슬렁거리다 아는 사람들과 만나 잡담을 하는 데 혀를 찼다. 나는 그 여자가 궁금하기는 했지만 만나고 싶지는 않았다. 하지만 만나게 되었다. 어느 날 오후 내가 톰과 함께 기차를 타고 뉴욕으로 가는데, 기차가 잿더미 계곡에 멈춰 서자 그가 벌떡 일어나더니 내 팔꿈치를 잡고 나를 말 그대로 열차에서 밀어냈다.

"내려! 자네한테 내 여자를 보여주고 싶어." 그가 말했다.

톰은 점심때 술을 잔뜩 마신 것 같았고, 나를 데리고 가겠다는 결심은 거의 폭력적이었다. 일요일 오후에 나에게 그보다 즐거운 일은 없을 거라는 게 그의 오만한 가정이었다.

나는 그를 따라 나지막한 흰색 울타리를 넘고, 에클버그 박사의 끈질긴 눈길 아래 철로 옆길을 100미터 가까이 되짚어갔다. 눈에 보이는 건축물은 황무지 가장자리에 자리한 노란색 작은 벽돌 건물뿐이었다. 그것은 말하자면 그 지역의 작은 중심가이지만 그 옆에는 아무것도 없었다. 거기 있는 가게 세 곳 중 하나에는 '임대 문의'라는 안내문이 걸려 있고, 다른 하나는 잿더미 옆길과 이어지는 24시간 레스토랑이었다. 세 번째 상점은 자동차 정비소였다. '조지 B. 윌슨. 자동차 수리. 중고 자동차 사고팝니다'라는 간판이 있었다. 나는 톰을 따라 안으로 들어갔다.

실내는 초라하고 썰렁했다. 보이는 자동차라고는 망가져서 먼지를 뒤집어쓴 채 어두운 구석에 처박혀 있는 포드뿐이었다. 이 엉성한 정비소는 눈속임 장치고, 위층에 어떤 호사스럽고 낭만적인 거처가 숨겨져 있을 거라는 생각이 들 때, 주인이 걸레에 손을 문지르며 문 앞에 나타났다. 금발 머리에 생기도 핏기도 없는 남자지만 인물은 다소 좋았다. 우리를 보자 그의 연청색 눈동자에 희망의 빛이 희미하게 떠올랐다.

"안녕하시오, 윌슨." 톰이 그의 어깨를 유쾌하게 치며 말했다. "장사는 잘됩니까?"

"그럭저럭 괜찮아요." 윌슨이 대답했지만 별로 믿기지 않았다. "그 차는 언제 나한테 팔 겁니까?"

"다음 주에. 지금 사람을 시켜서 준비하고 있으니까."

"느려터졌군요."

"무슨 소리." 톰이 차갑게 말했다. "그렇게 생각한다면 다른 데 팔아버릴 수도 있어요."

"그런 뜻은 아니에요." 윌슨이 얼른 말했다. "난 그저……."

그가 말끝을 흐렸고, 톰은 초조하게 정비소를 둘러보았다. 그때 계단에서 발소리가 들리더니 곧 약간 두툼한 여자의 형체가 빛을 가로막으며 사무실 문 앞에 나타났다. 여자는 30대 중반이고 약간 뚱뚱했지만, 몇몇 여자들이 그러듯 그 몸집을 관능적으로 두르고 있었다. 물방울무늬 진청색 크레프드신 드레스 위로 드러난 얼굴에 미모의 빛은 전혀 없었지만, 온몸의 신경이 은근한 불길을 유지하는 듯 생명력이 뚜렷하게 꿈틀거렸다. 여자는 천천히 미소 짓더니 남편을 유령 보듯 무시하고 걸어와서 톰과 악수하며 그의 눈을 똑바로 바라보았다. 그러더니 입술을 적신 뒤 고개도 돌리지 않고 부드럽지만 허스키한 목소리로 남편에게 말했다.

"사람들이 왔는데 의자를 좀 내와야지."

"아, 그래." 윌슨이 황급히 말하고는 이내 시멘트 벽의 색깔과 합쳐지면서 작은 사무실로 들어갔다. 희뿌연 먼지는 주변 모든 것을 덮듯이 그의 짙은 색 옷과 옅은 색 머리카락에도 얇게 내려앉아 있었다. 예외는 톰에게 다가오는 윌슨의 아내뿐이었다.

"보고 싶어. 다음 기차에 타." 톰이 힘주어 말했다.

"알았어."

"플랫폼 신문 판매대 앞에서 만나."

여자가 고개를 끄덕이고 톰에게서 떨어질 때 조지 윌슨이 사무실에서 의자 두 개를 가지고 나왔다.

우리는 길을 좀 걸어서 윌슨의 눈에 띄지 않는 곳에서 여자를 기다렸다. 독립 기념일 며칠 전이었고, 더럽고 앙상한 이탈리아 꼬마가 철로에 폭죽을 늘어놓고 있었다.

"끔찍한 곳이야." 톰이 에클버그 박사를 보며 얼굴을 찡그리고 말했다.

"그래, 지독하군."

"여길 벗어나는 게 여자한테 좋아."

"남편은 반대 안 해?"

"윌슨? 그자는 아내가 뉴욕에 사는 여동생을 보러 가는 줄 알아. 멍청해서 자기가 살아 있는지 죽었는지도 몰라."

그렇게 해서 나는 톰 뷰캐넌과 그의 여자와 함께 뉴욕으로 갔다. 아니 정확히 함께는 아니었다. 윌슨 부인은 조신하게 다른 객차에 앉았기 때문이다. 톰은 혹시 그 기차에 탔을지 모르는 이스트에그 주민들의 감수성을 그 정도는 존중했다.

여자는 갈색 무늬가 있는 모슬린 드레스로 갈아입었는데, 톰이 뉴욕의 플랫폼에서 여자를 내려줄 때 옷이 넓적한 엉덩이를 팽팽하게 조였다. 여자는 신문 판매대에서 《타운 태틀》과 영화 잡지를 사고, 구내 잡화점에서 콜드크림과 작은 향수를 샀다. 밖으로 나와서는 엄숙한 소음이 이는 차도에서 택시 네 대를 보낸 뒤 회색 시트를 깐 연보라색 새 택시를 골랐다. 우리는 그 차로 역을 빠져나와서 반짝이는 햇빛 속으로 들어갔다. 하지만 여자는 곧바로 창가에서 고개를 돌리고 몸을 기울여 앞 유리창을 두드렸다.

"저 개 한 마리 갖고 싶어." 여자가 진지하게 말했다. "우리 아파트에 두고 싶어. 개가 있으면 좋아."

우리는 차를 후진해서 어이없을 만큼 존 D. 록펠러를 닮은 백발 노인에게 갔다. 남자의 목에 걸린 바구니에 품종을 알 수 없는 갓 태어난 강아지 여남은 마리가 웅크리고 있었다.

"품종이 뭐예요?" 노인이 택시 창가로 다가오자 윌슨 부인이 들뜬 목소리로 물었다.

"온갖 품종이 다 있어요. 뭘 원하시나요?"

"경찰견이 좋은데, 그런 종류는 없는 것 같네요."

남자는 의심스러운 눈길로 바구니를 들여다보더니 안에서 버둥거리는 강아지 한 마리의 목덜미를 잡아 올렸다.

"경찰견이 아닌데요." 톰이 말했다.

"딱히 경찰견은 아니죠." 노인이 실망한 목소리로 말했다. "에어데일에 더 가까워요." 그리고 강아지의 갈색 수건 같은 등을 손으로 훑었다. "털이 엄청나요. 감기에 걸릴 걱정은 할 필요가 없는 개입니다."

"귀여워 보여요. 얼마예요?" 윌슨 부인이 열띤 목소리로 말했다.

"그 개요?" 노인은 감탄스러운 눈길로 개를 보았다. "10달러입니다."

주인이 바뀐 에어데일 개(어딘가 에어데일의 피가 섞인 것은 분명했지만 발은 놀라울 만큼 하앴다)는 윌슨 부인의 무릎에 자리를 잡았고, 여자는 기쁨에 찬 얼굴로 강아지의 방한 털가죽을 어루만졌다.

"여자예요, 남자예요?" 여자가 고상하게 물었다.

"그 개요? 남자입니다."

"암캐야." 톰이 단호하게 말했다. "여기 돈 있어요. 그 돈으로 개 열 마리를 더 사세요."

우리는 5번 대로(맨해튼은 길 이름이 대부분 숫자로 되어 있다. 혼를 향해 달렸다. 여름날 일요일 한낮이 거의 목가적일 만큼 온화해서 길모퉁이에서 양 떼가 돌아 나와도 놀라지 않을 것 같았다.

"잠깐, 나는 여기서 내려야 할 것 같아." 내가 말했다.

"왜 그래?" 톰이 재빨리 말했다. "자네가 우리 아파트에 오지 않으면 머틀이 서운할 거야. 그렇지, 머틀?"

"같이 가요." 여자가 말했다. "제 동생 캐서린에게 전화해서 오라고 할게요. 다들 캐서린이 미인이라고 해요."

"저도 그러고 싶지만……."

우리는 다시 센트럴파크를 지나 웨스트 100번대 거리들을 향해 계속 달렸다. 택시는 158번가에 있는 똑같은 흰색 아파트 중 한 채 앞에 섰다. 윌슨 부인은 귀향하는 듯 당당한 눈길을 주변에 던지면서, 개를 비롯해서 오는 길에 산 물건들을 들고 오만한 태도로 안에 들어갔다.

"매키 부부를 부를 거야." 엘리베이터에서 여자가 말했다. "물론 캐서린도."

아파트는 꼭대기 층이었다. 작은 거실, 작은 식당, 작은 침실 하나와 욕실로 이루어져 있었다. 거실은 태피스트리를 두른 가구들이 문 앞까지 꽉 채우고 있었다. 가구들이 방에 비해 너무 커서 방 안을 걸어 다니다 보면 자꾸 베르사유

궁전 정원에서 그네를 타는 귀부인들의 그림 위로 넘어졌다. 벽에 걸린 유일한 그림은 지나치게 확대한 사진인데, 흐릿한 바위에 앉은 암탉 같았다. 하지만 멀리서 보니 암탉은 보닛을 쓴 뚱뚱한 노부인의 얼굴이 되어 환한 표정으로 방 안을 내려다보고 있었다. 테이블에는《타운 태틀》몇 권,『베드로라 불리는 시몬』한 권, 브로드웨이의 시시한 스캔들 잡지 몇 권이 놓여 있었다. 윌슨 부인은 개부터 챙겼다. 엘리베이터 보이는 내키지 않아 하며 지푸라기 상자와 우유를 사러 갔다가 시키지도 않은 크고 딱딱한 개 비스킷도 한 통 사 왔다. 비스킷 하나는 오후 내내 우유 접시에서 무심하게 썩었다. 그사이에 톰은 자물쇠로 잠가둔 서랍장에서 위스키를 꺼내 왔다.

　나는 평생 술에 취한 적이 딱 두 번 있는데, 두 번째가 바로 그날이었다. 그 바람에, 아파트는 8시 넘어서까지 햇빛으로 밝았지만, 거기서 일어난 일은 모두 흐릿한 안개에 싸여 있다. 윌슨 부인은 톰의 무릎에 앉아서 몇몇 사람에게 전화를 걸었다. 그러다 담배가 떨어져서 나는 모퉁이 잡화점으로 담배를 사러 갔다. 아파트에 돌아와보니 그들이 보이지 않아서 나는 거실에 얌전히 앉아『베드로라 불리는 시몬』의 한 챕터를 읽었다. 책이 형편없는지 위스키로 세상이 뒤틀렸는지 하나도 이해되지 않았다.

　톰과 머틀(술이 들어간 뒤로 윌슨 부인과 나는 서로 성 대신

이름을 불렀다)이 다시 나타났고, 손님들이 하나둘 아파트에 도착했다.

머틀의 여동생 캐서린은 서른 살쯤 된 날씬하고 세속적인 여자로, 붉은 머리는 빳빳한 단발로 자르고 얼굴에는 분을 하얗게 발랐다. 눈썹은 뽑아서 맵시 있는 각도로 다시 그렸지만, 원래 눈썹을 회복하려는 자연의 노력 때문에 얼굴이 어수선해 보였다. 여자가 움직일 때면 두 팔찌에 달린 헤아릴 수 없이 많은 사기 조각이 끊임없이 짤랑거렸다. 캐서린이 어찌나 주인처럼 거침없이 들어오고 집 안 가구들도 주인처럼 둘러보는지, 나는 그가 여기서 사나 싶었다. 하지만 내가 그에 대해 묻자, 캐서린은 깔깔깔 웃으면서 내 질문을 반복해 말하더니 자신은 호텔에서 여성 친구와 산다고 했다.

매키 씨는 아래층에 사는 남자로 창백하고 여성스러웠다. 광대뼈에 흰 얼룩이 있는 걸 보면 방금 면도를 한 것 같았다. 그는 모두에게 정중히 인사했다. 그리고 나에게 자신이 '예술 분야'에 종사한다고 말했는데, 나중에 나는 그가 사진작가이며 벽에 유령처럼 걸린 윌슨 부인 어머니의 침침한 확대사진을 만든 사람이라는 걸 알게 되었다. 그의 아내는 날카롭지만 기운 없고, 예쁘지만 끔찍했다. 여자는 나에게 결혼 후 남편이 자기 사진을 127번이나 찍어주었다고 자랑했다.

윌슨 부인은 시폰으로 만든 아름다운 크림색 드레스로

아까 갈아입어서, 방을 휩쓸고 다닐 때 계속 바스락거리는 소리가 났다. 드레스 덕에 그의 성품도 변했다. 정비소에서 두드러졌던 강렬한 생기가 오만함으로 변했다. 그의 웃음, 그의 제스처, 그의 말이 순간순간 격하게 부자연스러워졌고, 그가 부풀어 오를수록 방은 점점 작아져서, 마침내 그는 연기 가득한 공중에서 시끄럽게 삐거덕거리는 축을 중심으로 도는 것 같았다.

"캐서린." 윌슨 부인이 점잔 빼는 높은 목소리로 여동생에게 말했다. "사람들은 대부분 널 속이려들 거야. 머릿속에 돈 생각뿐이거든. 지난주에 어떤 여자를 여기 불러다가 내 발을 보였는데, 청구서를 보면 맹장 수술이라도 한 것 같다니까."

"여자 이름이 뭐였나요?" 매키 부인이 물었다.

"에버하트 부인이에요. 집집이 다니면서 발을 봐줘요."

"드레스 예쁘네요. 아주 아름다워요." 매키 부인이 말했다.

윌슨 부인은 눈썹을 경멸스럽게 치켜올려 그 칭찬을 거부했다.

"못난 옷이에요." 그가 말했다. "외모에 신경 쓰지 않을 때 가끔 이 옷을 입어요."

"하지만 잘 어울려요. 무슨 뜻인지 아시죠?" 매키 부인이 말했다. "체스터가 당신의 그 포즈를 찍을 수 있다면, 제대로 된 작품을 만들 수 있을 거예요."

우리는 모두 침묵 속에 윌슨 부인을 보았고, 부인은 눈앞에서 머리카락 한 올을 떼어내며 밝은 미소를 짓고 우리를 바라보았다. 매키 씨는 고개를 한쪽으로 기울이고 부인을 유심히 보더니 자기 얼굴 앞에서 손을 천천히 움직였다.

"빛을 바꿔야 해요." 그가 잠시 후 말했다. "이목구비의 입체감을 두드러지게 하고 싶어요. 그리고 뒷머리 전체를 포착하고 싶어요."

"나라면 빛을 바꾸지는 않을 거야." 매키 부인이 소리쳤다. "그건……."

매키 씨가 "쉿!" 하자 우리 모두 대화의 주인공에게 시선을 돌렸다. 그러자 톰 뷰캐넌이 소리 나게 하품을 하고 일어섰다.

"매키 부부한테 마실 걸 드려야겠어." 그가 말했다. "머틀, 모두 자러 가기 전에 얼음과 미네랄워터를 더 가져와."

"아까 그 아이에게 얼음을 가져오라고 했어." 머틀이 하층민들의 게으름이 답답하다는 듯 눈썹을 들어 올렸다. "그런 사람들은 채근하지 않으면 일을 안 해."

머틀은 나를 보더니 뜬금없이 웃었다. 그런 뒤 개에게 달려가서 열렬히 입을 맞추고, 요리사 열두 명이 자기 명령

51

을 기다리는 것처럼 급히 부엌으로 갔다.

"나는 롱아일랜드에서 멋진 작업을 좀 했어요." 매키 씨가 말했다.

톰은 멍하니 그를 보았다.

"그중 두 개를 액자에 넣어서 아래층에 걸었죠."

"두 개라니 뭐가요?" 톰이 물었다.

"사진 작품요. 하나는 〈몬톡포인트: 갈매기〉라는 제목이고, 다른 하나는 〈몬톡포인트: 바다〉라는 제목을 붙였어요."

머틀의 여동생 캐서린이 소파의 내 옆자리에 앉았다.

"당신도 롱아일랜드에 살아요?" 캐서린이 물었다.

"웨스트에그에 삽니다."

"정말요? 한 달쯤 전에 거기 파티에 갔는데. 개츠비라는 남자 집에요. 혹시 아세요?"

"그 사람 옆집에 삽니다."

"그 사람은 빌헬름 황제의 조카인가 사촌인가 그렇다던데요. 그래서 그렇게 부자라고."

"그래요?"

그가 고개를 끄덕였다.

"나는 그 사람이 무서워요. 그 사람하고는 엮이고 싶지 않아요."

내 이웃에 대한 흥미로운 이야기를 중단시키며, 매키 부인이 갑자기 캐서린을 가리켰다.

"체스터, 당신이 캐서린하고 같이 작업할 수 있지 않을까?" 부인이 불쑥 말했지만, 매키 씨는 따분한 듯 고개만 끄덕이고 톰에게 관심을 돌렸다.

"할 수만 있다면 롱아일랜드에서 더 많이 작업하고 싶어요. 사람들이 내게 시작할 기회를 주었으면 좋겠어요."

"머틀에게 물어봐요." 윌슨 부인이 쟁반을 들고 들어오자 톰이 짧고 거칠게 웃으며 말했다. "머틀이 소개장을 써줄 겁니다. 그렇지, 머틀?"

"뭘 써줘?" 머틀이 놀라서 물었다.

"남편에게 매키의 소개장을 써주는 거야. 매키가 그 사람을 모델로 작품을 만들도록." 그는 잠시 말없이 입술을 움직이며 생각했다. "제목은 〈주유기 앞에 선 조지 B. 윌슨〉 같은 게 좋겠군."

캐서린은 내게 몸을 기울이고 귓속말을 했다.

"두 사람 다 배우자에게 진저리를 쳐요."

"정말인가요?"

"네, 진저리를 친다니까요." 캐서린은 머틀을 보더니 이어서 톰을 보았다. "내 말이, 진저리 나는 사람하고 왜 계속 같이 사나요? 나 같으면 이혼하고 당장 둘이 결혼하겠어요."

"언니도 윌슨을 싫어하나요?"

이 질문에 대한 대답은 예기치 못한 곳에서 왔다. 질문을 들은 머틀이 거기 답했고, 표현은 격하고도 상스러웠다.

"봤죠?" 캐서린이 우쭐해서 소리쳤다가 다시 목소리를 낮추었다. "두 사람이 합치지 못하는 건 톰의 아내 때문이에요. 가톨릭 신자라서 이혼을 못 해요."

데이지는 가톨릭 신자가 아니라서, 나는 그 잘 꾸민 거짓말에 약간 충격을 받았다.

"두 사람이 결혼하면 문제가 잠잠해질 때까지 당분간 서부에 가서 살 거예요." 캐서린이 말했다.

"그보다는 유럽에 가는 게 나을 것 같네요."

"아, 유럽 좋아하세요?" 놀랍게도 캐서린이 감탄했다. "전 얼마 전에 몬테카를로에 가봤어요."

"아, 그래요?"

"작년에요. 친구랑 같이 갔어요."

"오래 계셨나요?"

"아뇨, 그냥 몬테카를로에만 있었어요. 마르세유를 거쳐서 갔죠. 1200달러도 넘게 가지고 갔는데, 도박장에서 이틀 만에 다 털렸어요. 돌아오느라고 얼마나 고생했는지 몰라요. 아, 몬테카를로라면 지긋지긋해요!"

늦은 오후의 하늘이 창가에서 잠시 지중해의 푸른 하늘처럼 빛났다. 그때 매키 부인의 날카로운 목소리가 나를 다시 방 안으로 불렀다.

"나도 실수할 뻔했어요." 매키 부인이 열렬하게 말했다. "몇 년 동안 날 따라다니던 별 볼일 없는 놈이랑 결혼할 뻔했거든요. 나하고 급이 안 맞는다는 건 알았죠. 모두가 말했어요. '루실, 그 남자는 너보다 급이 한참 낮아!' 하지만 체스터를 못 만났다면 나는 분명히 그 남자 손에 들어갔을 거예요."

"하지만 그 남자랑 결혼하지 않았잖아요." 머틀 윌슨이 고개를 끄덕이며 말했다.

"그렇죠."

"난 그 남자랑 결혼했어요." 머틀이 모호하게 말했다. "그게 당신과 나의 차이예요."

"왜 결혼했어?" 캐서린이 물었다. "아무도 언니에게 강요하지 않았잖아."

머틀은 생각에 잠겼다.

"나는 그 사람이 신사인 줄 알았어." 머틀이 마침내 말했다. "어느 정도 교양이 있을 줄 알았는데, 내 신발을 핥을 수준도 안 됐지."

"언니는 한동안 조지에게 미쳐 있었어." 캐서린이 말했다.

"미쳐 있었다고!" 머틀이 말도 안 된다는 듯 소리쳤다. "내가 그 사람한테 미쳐 있었다고 누가 그래? 나한테 조지는 저기 저 사람만큼이나 안중에도 없었어."

머틀이 난데없이 나를 가리키자, 모두가 내게 나무라는 눈길을 던졌다. 나는 머틀의 과거와 아무 상관 없다는 사실을 표정으로 보여주려고 했다.

"내가 미쳐 있었던 건 그 사람하고 결혼했던 순간뿐이야. 금세 내 실수를 깨달았지. 조지는 결혼식 때 다른 사람 양복을 빌려 입었는데, 나한테 그 이야기를 해주지도 않았어. 그런데 어느 날 조지가 외출했을 때 주인이 옷을 찾으러 온 거야. '아, 그게 당신 옷이었나요? 처음 듣는 이야기네요.' 나는 그렇게 말했지만, 그 사람에게 옷을 돌려주고 자리에 누워서 오후 내내 엉엉 울었어."

"언니는 조지하고 헤어져야 돼요." 캐서린이 내게 다시 말했다. "두 사람은 정비소 위층에서 11년을 살았어요. 톰은 언니의 첫 애인이고요."

이제 방에 있는 모든 사람이 계속 새 위스키를 요구했다. 예외는 '술 없이도 똑같이 기분 좋은' 캐서린뿐이었다. 톰이 종을 울려서 수위에게 무슨 유명한 샌드위치를 사 오게 했는데, 그것으로 충분히 저녁 식사가 되었다. 나는 밖에 나가서 부드러운 땅거미에 젖은 채 공원이 있는 동쪽으로 산책하고 싶었지만, 그러려고 할 때마다 요란한 말다툼이 밧줄처럼 나를 의자에 도로 묶어놓았다. 하지만 도시 드높이 자리한 우리의 노란 창문은 어두워지는 거리의 구경꾼들에게 인간의 비밀들을 전했을 테고, 나도 그렇게 창문을 올려다보며 궁금해하는 구경꾼 중의 하나였다. 나는 안쪽에도 있고 바깥쪽에도 있으면서, 인생의 무한한 다채로움에 매혹과 혐오감을 동시에 느꼈다.

머틀이 의자를 내게 바짝 붙이더니 갑자기 뜨거운 입김을 뿜으며 톰과 처음 만난 이야기를 쏟아냈다.

"기차를 타면 늘 마지막으로 남는 마주 보는 좌석 두 개가 있었어요. 캐서린하고 같이 밤을 보내려고 뉴욕으로 가는 길이었어요. 톰이 정장에 에나멜가죽 구두 차림이라서 자꾸 눈길이 갔지만, 그가 바라볼 때마다 톰의 머리 위에 붙은 광고를 보는 척해야 했죠. 그러다 내가 역에 내리자 그가 다가와서 흰색 와이셔츠 앞판을 내 팔에 밀착했어요. 경찰을 부르겠다고 했지만 톰은 그게 거짓말이라는 걸 알았어요. 나는 너무 흥분해서 함께 택시를 탔을 때 지하철이 아니라는 것도 잘 몰랐어요. 내 머릿속에는 '인생은 짧아, 인생은 짧아' 하는 생각뿐이었죠."

머틀은 매키 부인을 돌아보며 인위적인 웃음으로 방 안을 채웠다.

"매키 부인." 머틀이 소리쳤다. "이 드레스를 벗으면 당신 줄게요. 내일 다른 옷을 사야겠어요. 할 일들을 목록으로 만들어야겠네요. 마사지, 파마, 개 목줄이 필요해요. 스프링이 달린 귀여운 재떨이 하나하고, 여름 내내 엄마 무덤에 걸어둘 검은 실크 리본이 달린 화환도요. 적어놔야 이런 걸 다 잊지 않을 수 있어요."

9시였다. 그런데 금세 다시 시계를 보니 10시였다. 매키 씨는 두 주먹을 무릎에 올리고 의자에 앉은 채 잠이 들었는데, 그 모습이 정열적인 활동가를 찍은 사진 같았다. 나는 손수건을 꺼내서 그날 내내 신경 쓰이던 그의 뺨에 말라붙은 비누 거품 자국을 닦아주었다.

강아지는 테이블에 앉아 멍한 눈으로 연기를 바라보면서 이따금 조그만 소리로 낑낑거렸다. 사람들은 사라졌다가 다시 나타났다가, 어딘가로 갈 계획을 세우다가, 상대가 없는 걸 알고 찾아다니다가, 몇 걸음 앞에서 그 사람을 발견하다가 했다. 자정이 다 되었을 때 톰 뷰캐넌과 윌슨 부인은 마주 보고 서서 윌슨 부인이 데이지의 이름을 언급할 권리가 있는지에 대해 격렬하게 말다툼을 했다.

"데이지! 데이지! 데이지!" 윌슨 부인이 소리쳤다. "부르고 싶으면 언제든지 부를 거야! 데이지! 데이……."

톰 뷰캐넌은 짧고 능숙한 동작으로 손바닥을 휘둘러 윌슨 부인의 코뼈를 부러뜨렸다.

이윽고 욕실 바닥에 피 묻은 수건들이 던져졌고, 여자들이 화를 냈고, 그런 혼란 위로 고통의 울부짖음이 길고 불규칙하게 울렸다. 매키 씨는 졸다가 깨어서 어리둥절한 얼굴로 밖으로 나가려고 했다. 그러다 중간에 멈춰서 방 안을 돌아보았다. 그의 아내와 캐서린이 나무라기도 하고 위로하기도 하면서 구급약을 들고 가구로 비좁은 방을 어렵게 누비고 다녔다. 그리고 소파에는 충격에 빠진 한 사람이 피를 철철 쏟으며 베르사유의 모습을 담은 태피스트리에 《타운 태틀》을 깔려고 하고 있었다. 매키 씨는 돌아서서 밖으로 나갔다. 나는 샹들리에에 걸어둔 모자를 집어 들고 그를 따라 나갔다.

"조만간 만나서 점심을 합시다." 삐걱거리며 내려가는 엘리베이터에서 그가 말했다.

"어디서요?"

"아무 데서나요."

"레버에서 손 떼세요." 엘리베이터 보이가 쌀쌀하게 말했다.

"미안하군. 내가 손을 대고 있는 줄 몰랐어." 매키 씨가 점잖게 말했다.

"좋아요, 그러죠." 내가 말했다.

……어느 순간 나는 그의 침대 옆에 서 있고, 그는 속옷 차림으로 침대에 앉아 커다란 포트폴리오를 두 손에 들고 있었다.

"미녀와 야수…… 외로움…… 식품점 배달차…… 브루

클린 다리……."

그런 뒤에 나는 펜실베이니아역(뉴욕 중심가에 있는 기차역-옮긴이)의 추운 플랫폼에 누워 비몽사몽간에 조간《트리뷴》을 들여다보며 4시 기차를 기다렸다.

3장

이웃집에서는 여름 내내 밤마다 음악 소리가 흘러나왔다. 개츠비의 파란 정원에는 수많은 남녀가 속삭임과 샴페인과 별들 사이로 부나방처럼 찾아왔다가 떠났다. 오후 만조 때가 되면 손님들은 뗏목 위에 세운 탑에서 다이빙을 하거나 집 앞 해변의 뜨거운 모래밭에서 일광욕을 했고, 그러는 동안 그의 모터보트 두 대는 롱아일랜드해협의 물을 가르며 폭포 같은 거품 위로 수상스키를 끌었다. 주말이면 그의 롤스로이스는 버스가 되어 오전 9시부터 자정을 한참 지날 때까지 뉴욕까지 오가며 사람들을 실어 날랐고, 그의 스테이션왜건은 모든 기차 시간에 맞추어 노란 딱정벌레처럼 바쁘게 오갔다. 그런 뒤 월요일이 되면 임시 정원사 한 명을 포함한 하인 여덟 명이 하루 종일 자루걸레와 솔과 망치와 정원 가위를 들고 지난밤의 파괴를 복구하기 위해 애를 썼다.

금요일이면 뉴욕의 과일 가게에서 오렌지와 레몬 다섯 상자가 왔다. 월요일마다 오렌지와 레몬은 반으로 잘리고 과육은 사라진 채 피라미드를 이루어서 뒷문으로 빠져나갔다. 부엌에는 집사가 버튼만 계속 누르면 30분 만에 오렌지 200개를 착즙할 수 있는 기계가 있었다.

적어도 2주일에 한 번은 연회 담당자 한 군단이 수백 미터나 되는 천막 천과 온갖 색깔 전구를 지고 와서 개츠비의 대형 정원을 크리스마스트리처럼 만들었다. 뷔페 테이블에는 반짝이는 전채 요리들이 놓이고, 양념구이 햄이 알록달록한 샐러드, 매혹적인 갈색을 띤 소시지 롤빵, 칠면조 앞에 복닥거렸다. 메인 홀에는 진짜 황동 레일을 갖춘 바가 설치되었는데, 진과 리큐어를 비롯해서 오래전에 인기가 식어서 젊은 여자 손님들은 구별하지 못하는 코디얼까지 구비하고 있었다.

저녁 7시면 악단이 왔다. 시시한 5인조가 아니라 오보에, 트롬본, 색소폰, 현악기, 코넷, 피콜로, 크고 작은 북을 전부 갖춘 완전한 관현악단이었다. 이 무렵이면 마지막 해수욕객도 해변에서 돌아와 위층에서 옷을 갈아입는다. 주차장 진입로에는 뉴욕에서 온 자동차들이 다섯 줄로 주차되어 있고, 홀과 살롱과 베란다는 이미 원색 옷과 새롭고 특이한 헤어스타일과 명산지 카스티야에서도 꿈꿀 수 없는 숄로 번쩍거린다. 바는 흥청거리고, 칵테일 쟁반이 바깥 정원을 돌고 또 돌다 보면 어느새 공기는 수다와 웃음과 그 자리에서 잊어버리는 가벼운 조롱이며 소개말과 서로 이름을 모르는 여자들의 열렬한 만남으로 떠들썩해진다.

　지구가 태양에서 고개를 돌릴수록 불빛은 점점 밝아지고, 관현악단이 노란빛 칵테일 음악을 연주하면 목소리들이 이루는 오페라는 음조가 높아진다. 웃음은 갈수록 헤퍼져서 유쾌한 말 한마디면 풍성하게 터져 나온다. 무리들이 더 빠르게 변하고, 새로 온 손님들이 더해져서 한순간에 해체되고 생겨난다. 이미 방랑자들이 있다. 좀 더 묵직하고 안정적인 사람들 사이를 바쁘게 누비는 자신감 넘치는 여자들은 열광의 한순간 어느 집단의 중심이 되어 즐거워하다가 이내 승리감에 들뜬 채 끊임없이 바뀌는 불빛 아래 완전히 새로운 얼굴과 목소리와 색깔들 틈을 미끄러져간다.

　찰랑이는 오팔을 두른 이런 집시들 중 한 명이 갑자기 공중에서 칵테일을 집어 들었다가 대담하게 쏟아버린 뒤 두 손을 프리스코(1920~30년대 인기 극장쇼 공연자 조 프리스코—옮긴이)처럼 움직이며 천막 연단에서 혼자 춤을 춘다. 일순 침묵이 내린다. 관현악단 지휘자는 음악의 리듬을 그에게 맞추고, 그 여자가 익살극 〈폴리스〉에 나오는 길다 그레이의 대역이라는 잘못된 소문이 떠돈다. 그렇게 파티는 시작되었다.

내가 개츠비의 집에 간 첫날, 나처럼 초대를 받아서 간 사람은 몇 명 되지 않았을 것이다. 사람들은 초대도 없이 그냥 왔다. 그들은 자동차를 타고 롱아일랜드로 와서는 어찌어찌 개츠비의 집까지 왔다. 일단 오면 개츠비를 아는 누군가가 그들을 소개하고, 그런 뒤에 사람들은 놀이공원의 행동 규칙에 따라 움직였다. 때로는 개츠비를 만나지 못하고 돌아가도 그들은 파티를 위해서 왔고, 그런 단순한 마음이 그곳의 입장권이었다.

하지만 나는 정식으로 초대를 받았다. 토요일 아침에 청록색 제복 차림 운전기사가 우리 집 잔디밭을 걸어와서는 놀라울 만큼 격식을 차린 주인의 초대장을 건네주었다. 내가 그날 밤의 '작은 파티'에 참석해준다면 개츠비에게 큰 영광이 될 거라는 내용이었다. 그는 나를 몇 번 보았고 오래전부터 한번 만나보려고 했지만, 여러 사정이 겹쳐서 그러지 못했노라고 했다. 초대장 끝에는 위엄 있는 필체로 '제이 개츠비'라고 서명되어 있었다.

7시를 약간 넘었을 때, 나는 흰색 플란넬 양복을 입고 그의 집 잔디밭에 들어가서 밀려드는 인파 속을 불안하게 서성거렸다. 물론 통근 열차에서 마주친 얼굴들이 여기저기 있기는 했다. 나는 곳곳에 젊은 영국 남자가 상당히 많은 것에 놀랐다. 모두 잘 차려입었고, 모두 약간 허기져 보였으며, 모두 낮고 진지한 목소리로 견실하고 부유한 미국인들과 이야기하고 있었다. 그 사람들은 무언가를 파는 것 같았다. 채권, 보험, 자동차 같은 것. 어쨌건 그들은 쉽게 번 돈이 눈앞에 있다는 걸 뼈저리게 의식했고, 말만 몇 마디 잘하면 그것이 자기 것이 될 거라고 확신했다.

나는 도착하자마자 주인을 찾으려고 했지만, 두세 명에게 그가 어디 있는지 묻자 모두 놀란 표정으로 전혀 모른다고 강하게 부정해서, 어쩔 수 없이 슬금슬금 칵테일 테이블 쪽으로 갔다. 그곳은 외톨이인 사람이 하릴없거나 외로워 보이지 않고 어슬렁거릴 수 있는 유일한 장소였다.

어색함을 피하기 위해 술이나 잔뜩 마셔야겠다 생각하고 그리 가는데, 조던 베이커가 집에서 나오더니 현관 앞 대리석 계단 꼭대기에 서서 몸을 뒤로 기대고 경멸스럽고 흥미로운 눈길로 정원을 내려다보았다.

조던이 좋아하건 말건, 나는 일행을 만들어야 지나가는 사람들에게 인사를 건넬 수 있다는 것을 깨달았다.

"안녕하세요!" 내가 소리치며 조던에게 다가갔다. 내 목소리가 정원에 부자연스러울 만큼 크게 울렸다.

"여기 오실지 모른다고 생각했어요." 내가 다가가자 그가 건성으로 말했다. "당신이 이 옆집에 산다고 한 게 기억나서요."

그는 건조하게 내 손을 잡으며 곧 다시 나와 대화하겠다는 표시를 하고, 똑같이 노란 드레스를 입고 계단 발치로 다가온 두 여자에게 눈길을 돌렸다.

"안녕하세요! 경기에 져서 안타까워요." 그들이 함께 소리쳤다.

골프 대회 얘기였다. 그는 그 전주에 열린 결승전에서 패배했다.

"우리를 모르시겠지만, 한 달쯤 전에 여기서 만났어요." 노란 옷을 입은 여자 하나가 말했다.

"그 뒤로 머리를 염색하셨네요." 조던의 말에 나는 놀랐지만, 두 여자가 가볍게 우리 곁을 떠나는 바람에 그 말은 출장 요리사의 바구니에서 나온 저녁 식사처럼 때 이르게 뜬 달을 향해 날아갔다. 조던이 가녀린 금빛 팔을 내 팔에 둘렀고, 우리는 계단을 내려가서 정원을 거닐었다. 칵테일 쟁반이 노을 속을 떠다녔고, 우리는 노란 옷을 입은 두 여자와 하나같이 자기 이름을 제대로 말하지 못하는 세 남자와 함께 어느 테이블에 앉았다.

"여기 파티에 자주 오시나요?" 조던이 옆자리 여자에게 물었다.

"당신을 만났을 때가 마지막이었어요." 여자가 빈틈없고 자신감 넘치는 목소리로 대답했다. 그리고 일행을 돌아보았다. "넌 어떠니, 루실?"

루실도 마찬가지였다.

"나는 여기가 좋아요." 루실이 말했다. "행동을 조심할 필요가 없어서 항상 재미있어요. 지난번에 여기 의자에 옷이 걸려서 찢어졌는데, 그분이 내 이름과 주소를 묻더니 일주일도 지나지 않아서 크루아리에 상점에서 새 이브닝드레스를 소포로 보냈어요."

"그걸 받았나요?" 조던이 물었다.

"그럼요. 원래는 오늘 입고 오려고 했는데, 가슴 부분이 너무 커서 줄여야 했어요. 하늘색이고 연보라색 구슬이 달렸어요. 265달러짜리예요."

"그렇게까지 하는 사람은 어딘가 이상해요." 다른 여자가 열띤 목소리로 말했다. "그 사람은 **누구**하고도 문제가 생기는 걸 싫어해요."

"누구 말씀입니까?" 내가 물었다.

"개츠비 씨죠. 누구한테 들었는데……."

두 여자와 조던은 비밀스럽게 얼굴을 가까이 댔다.

"누구한테 들었는데, 그 사람이 아마 사람을 죽인 적이 있는 것 같대요."

전율이 모두를 훑었다. 세 남자는 몸을 앞으로 기울이고 유심히 들었다.

"그건 아닐걸." 루실이 의심하며 말했다. "그보다는 전쟁 때 독일군 스파이였다는 게 더 맞을 거야."

남자 중 하나가 맞는다는 듯 고개를 끄덕였다.

"그 사람에 대해 잘 아는 사람, 독일에서 그 사람과 함께 자란 사람에게 들었어요." 그가 확고하게 말했다.

"아니에요." 처음에 말한 여자가 말했다. "그럴 리 없어요. 그 사람은 미군으로 참전했으니까요." 우리가 다시 자기 말을 신뢰하자, 여자는 열렬한 태도로 몸을 내밀었다. "그 사람이 주변에 보는 사람이 아무도 없다고 생각할 때 어떤 모습이 되는지 한번 보세요. 사람을 죽인 게 분명해요."

여자는 눈을 가늘게 뜨고 몸을 떨었다. 루실도 몸을 떨었다. 우리는 모두 고개를 돌리고 개츠비를 찾아보았다. 이 세상에 수군거릴 만한 일이 별로 없다고 생각하는 사람들조차 그에 대해 수군거린다는 것은 개츠비가 낭만적 추측을 일으킨다는 증거였다.

첫 번째 저녁 식사(자정 이후에 또 한 차례 식사가 예정되어 있었다)가 나올 때, 조던이 나에게 정원 저편에 앉은 자기 일행에 합류하자고 했다. 결혼한 부부 세 쌍과 조던을 에스코트하러 온 남자였다. 그 남자는 거친 조롱을 좋아하는 끈덕진 대학생으로, 조던이 조만간 자신에게 어떻게든 굴복할 거라고 생각하는 것 같았다. 이 무리는 돌아다니지 않고 위엄 있는 동질성을 유지하면서 자신들이 시골의 근엄한 품위를 대표한다고 여겼다. 그들은 짐짓 웨스트에그를 양해해주면서 그곳의 다채로운 쾌락을 경계하는 이스트에그 사람들이었다.

"나가요." 다소 쓸모없고 부적절한 30분이 지난 뒤 조던이 속삭였다. "여기는 너무 점잖아서 나한테 안 맞아요."

우리는 함께 일어섰고, 조던은 집주인을 찾아보겠다고 했다. 그러고는 내가 그를 만난 적이 없어서 불편해하기 때문이라고 덧붙였다. 대학생은 냉소적이고 우울한 얼굴로 고개를 끄덕였다.

우리가 처음 찾아본 곳은 바였는데, 사람이 북적였지만 개츠비는 없었다. 그는 현관 계단 꼭대기에도 없고 베란다에도 없었다. 그러다 우리는 어떤 웅장한 문을 열고 천장이 높은 고딕풍 서재에 들어가게 되었다. 조각한 영국 참나무로 패널을 두른 그 방은 유럽 어느 유적지에서 그대로 옮겨 온 것 같았다.

큼직한 올빼미 안경을 쓴 뚱뚱한 중년 남자가 약간 취한 기색으로 큼직한 테이블 가장자리에 앉아 불안한 눈으로 서가를 뚫어져라 바라보고 있었다. 우리가 들어가자 그는 흥분해서 몸을 돌리고 조던을 머리에서 발끝까지 훑었다.

"어떻게 생각해요?" 그가 불쑥 물었다.

"뭘 말씀입니까?"

남자는 손짓으로 서가를 가리켰다.

"저거 말예요. 사실 댁의 확인은 필요 없어요. 내가 확인했어요. 다 진짜예요."

"책들 말씀인가요?"

그는 고개를 끄덕였다.

"100퍼센트 진짜예요. 페이지도 있고 다 있어요. 멋지고 튼튼한 장식품일 줄 알았어요. 100퍼센트 진짜 책이에요. 페이지가 있고…… 여기 이걸 봐요!"

그는 우리가 당연히 의심할 거라 여기고 서가로 뛰어가서 『스토더드 강의』 1권을 가지고 왔다.

"봐요!" 그가 당당하게 소리쳤다. "진짜 인쇄물이에요. 내가 속았어요. 이 친구는 진실로 빌래스코(리얼리즘 연극 감독 데이비드 빌래스코—옮긴이)예요. 이건 대단한 성취예요. 완전히 철저해! 대단한 리얼리즘이야! 게다가 어디서 멈춰야 하는지도 알아요. 접지된 페이지를 가르지도 않았으니까. 하지만 두 분은 여기 무슨 일로 들어왔나요? 뭘 원해서?"

그는 내게서 책을 낚아채어 황급히 서가에 돌려놓으면서, 벽돌 한 장만 빠져도 서재 전체가 무너질 수 있다고 중얼거렸다.

"누가 데리고 왔나요?" 그가 물었다. "아니면 그냥 들어

온 거요? 나는 누가 데려왔어요. 대부분은 다른 사람이 데리고 오지요."

조던은 예리하고 즐거운 얼굴로 그를 바라볼 뿐 대답은 하지 않았다.

"나는 루스벨트라는 여자분이 데리고 왔어요." 그가 말했다. "클로드 루스벨트 부인요. 그분을 아나요? 어젯밤 어디선가 그분을 만났어요. 난 일주일을 술에 취해 지냈고, 서재에 가면 술이 깰지 모른다고 생각했습니다."

"그래서 술이 깨셨나요?"

"약간은 깬 것 같은데 아직 모르겠어요. 여기 온 지 한 시간밖에 안 돼서요. 내가 책 이야기를 했나요? 이게 다 진짜라고. 이건 전부……."

"말씀하셨어요."

우리는 그와 정중하게 악수를 하고 다시 밖으로 나왔다.

이제 정원 천막에서 댄스파티가 열리고 있었다. 늙은 남자들이 끈질기고 볼품없는 원을 이루어 젊은 여자들을 뒤로 밀어냈고, 잘난 커플들은 구석에서 서로를 멋지게 휘감고 있었다. 짝이 없는 많은 여자들은 혼자 춤을 추거나 관현악단에서 밴조나 타악기 연주자를 잠시 빼 왔다. 자정이 되자 흥이 더욱 올랐다. 유명한 테너 가수가 이탈리아어로 노래했고, 이름난 콘트랄토 가수가 재즈를 불렀으며, 노래 사이사이에 사람들은 정원 곳곳에서 '장기 자랑'을 펼쳐서 즐겁고 공허한 웃음소리가 여름 하늘 위로 솟아올랐다. '쌍둥이'로 꾸민 두 사람(노란 옷을 입고 있던 여자들이었다)이 무대 의상을 입고 어린애 흉내를 냈고, 대접보다도 큰 잔에 따른 샴페인이 나왔다. 달이 하늘 위로 높이 돋았고, 해협에는 은빛 비늘 같은 삼각형 물결이 산니 위에 울리는 뻣뻣하고 가느다란 밴조 소리에 맞추어 떨었다.

나는 아직도 조던 베이커와 함께 있었다. 우리가 앉은 테이블에는 내 또래 남자 한 명과 분위기가 조금만 즐거워도 미친 듯이 웃어대는 떠들썩한 여자 한 명이 함께 있었다. 이제 나도 파티가 즐거웠다. 샴페인을 큰 잔으로 두 잔 마셨더니, 눈앞의 장면이 의미 있고 대단하고 심오하게 변했다.

여흥이 잠시 멈춘 사이에 동석한 남자가 나를 보고 미소를 지었다.

"얼굴이 어쩐지 낯익은데요." 그가 예의 바르게 말했다. "전쟁 때 3사단에 계시지 않았나요?"

"맞습니다. 제9 기관총 대대에 있었습니다."

"저는 1918년 6월까지 제7 보병대에 있었습니다. 아무래도 전에 뵌 분 같았습니다."

우리는 비가 잦고 우중충한 프랑스의 몇몇 마을에 대해 잠시 이야기를 했다. 그는 근방에 사는 것 같았다. 활주정을 샀다고, 내일 아침에 타볼 거라고 말했기 때문이다.

"같이 타지 않겠어요? 해협의 해변 근처만 돌 거예요."

"언제요?"

"당신이 좋을 때 언제라도요."

내가 그에게 이름을 물어보려고 할 때, 조던이 주변을 둘러보고 미소를 지었다.

"이제 기분이 좋아지셨나요?" 조던이 물었다.

"훨씬 좋아졌습니다." 나는 처음 만난 남자에게 다시 고개를 돌렸다. "이런 파티는 낯설어요. 파티 주인장도 못 만났습니다. 나는 저기 삽니다……." 나는 보이지 않는 산울타리 쪽으로 손을 흔들었다. "그런데 그 개츠비라는 사람이 운전기사에게 초대장을 들려서 보냈어요."

그는 무슨 소리인지 모르겠다는 듯 잠시 나를 바라보았다.

"내가 개츠비입니다." 그가 불쑥 말했다.

"네? 아, 죄송합니다." 내가 소리쳤다.

"아시는 줄 알았습니다. 내가 주인 노릇을 그렇게 잘하지는 못하는 것 같군요."

그는 이해한다는 듯한 미소를 지었다. 아니 이해한다는 것 이상이었다. 그것은 무한한 믿음을 담은, 일생에 네댓 번 마주치거나 말거나 할 보기 드문 미소였다. 그 미소는 잠시 외부 세계 전체를 마주하더니(또는 마주하는 듯 보이더니), 이어 강력한 호의를 담고 나에게 집중했다. 그것은 내가 이해받고 싶은 만큼 나를 이해하고, 내가 나 자신을 믿고 싶은 만큼 나를 믿고, 내가 전하고자 하는 나 자신의 최선의 인상을 전달받았다고 알려주는 미소였다. 그 지점에서 미소는 사라졌다. 그리고 내 앞에는 우아하면서도 거친 데가 있는 젊은 이가 있었다. 나이는 서른한두 살로 보이는데, 공들여 격식을 차리는 말투는 가까스로 우스꽝스러움을 면할 정도였다. 자기소개를 하기 전부터 나는 그가 조심스럽게 말을 고른다는 인상을 강하게 받았다.

개츠비 씨가 자신을 밝힌 뒤 곧바로 집사 한 명이 서둘러 다가와서 시카고에서 전화가 왔다고 말했다. 그는 잠시 자리를 비우겠다며 우리 모두에게 차례로 눈인사를 했다.

"원하는 게 있으면 말만 해요, 친구." 그가 말했다. "실례하게 됐습니다. 나중에 다시 만나죠."

그가 떠나자 나는 조던을 돌아보고, 내 놀라움을 전달하려고 했다. 나는 개츠비 씨가 혈색 붉고 뚱뚱한 중년 남자일 거라 생각하고 있었다.

"정체가 뭡니까? 좀 알고 있나요?" 내가 물었다.

"그냥 개츠비라는 이름의 남자예요."

"그러니까 어디 출신인가요? 하는 일은 뭐고요?"

"이제 당신도 그 화제에 동참하게 되었네요." 조던이 희미한 미소를 짓고 말했다. "개츠비 씨는 전에 자기가 옥스퍼드 출신이라고 말했어요."

그 사람의 배경을 약간이나마 알겠다고 생각한 순간, 조던의 말이 그 생각을 깨뜨렸다.

"하지만 난 그 말을 안 믿어요."

"왜요?"

"모르겠어요. 그냥 거기 다녔을 것 같지가 않아요." 조던이 말했다.

조던의 말투를 들으니 어쩐지 다른 여자가 "그 남자는 사람을 죽였을 거예요"라고 한 말이 떠올라서 호기심이 자극되었다. 나는 개츠비가 루이지애나 늪지대 출신이라거나 뉴욕 남부 이스트사이드 출신이라고 해도 믿었을 것이다. 그것은 가능한 일이었다. 하지만 적어도 중서부 출신 애송이인 내 경험으로 볼 때, 어딘지 모를 곳에서 홀연히 흘러 들어온 젊은 남자가 롱아일랜드해협에 이런 궁전을 사지는 않는다.

"어쨌건 그 사람은 화려한 파티를 열어요." 조던이 구체적인 것에 대한 도시인의 염증을 담아서 주제를 바꾸었다. "그리고 나는 화려한 파티가 좋아요. 아주 오붓하거든요. 작은 파티에는 프라이버시가 없어요."

베이스 드럼 소리가 울리더니 관현악단 지휘자의 목소

리가 정원의 소음 위로 울려 퍼졌다.

"신사 숙녀 여러분." 그가 소리쳤다. "개츠비 씨의 요청으로 지난 5월 카네기홀에서 절찬리에 공연된 블라디미르 토스토프 씨의 최신작을 연주하겠습니다. 신문을 읽으셨다면 그 연주가 장안의 화제였음을 아실 겁니다." 그가 유쾌하고도 오만한 미소로 "엄청난 화제였죠!" 하고 덧붙이자 모두가 웃었다.

"작품 제목은 〈블라디미르 토스토프의 세계 재즈 역사〉입니다." 그가 힘차게 말을 맺었다.

나는 토스토프 씨의 작품을 음미하지 못했다. 연주가 시작되자마자 개츠비에게 시선이 닿았기 때문이다. 그는 대리석 계단에 혼자 서서 여기저기 무리 지어 있는 사람들을 만족스러운 눈길로 둘러보고 있었다. 볕에 그을린 얼굴 피부는 보기 좋게 팽팽하고, 짧은 머리는 매일 조금씩 정돈하는 것 같았다. 수상쩍은 느낌은 전혀 없었다. 그가 술을 마시지 않는다는 사실이 손님들과의 차별점일까 하는 생각이 들었다. 손님들의 흥겨움이 커질수록 그는 점점 더 단정해지는 것 같았기 때문이다. 〈세계 재즈 역사〉가 끝나자 여자들은 강아지처럼 명랑하게 남자들 어깨에 머리를 얹고 장난스레 기절해서 품에 안겼다. 심지어 누군가 잡아줄 것을 알고 남자들 무리 속으로 쓰러지는 여자도 있었다. 하지만 개츠비에게는 아무도 쓰러지지 않았고, 개츠비의 어깨에는 어떤 프랑스식 단발머리도 닿지 않았으며, 개츠비에게 참여를 요청하는 사중창단도 없었다.

"실례합니다."

개츠비의 집사가 갑자기 우리 옆에 와 섰다.

"베이커 양, 실례지만 개츠비 씨가 베이커 양과 따로 이야기하고 싶어 하십니다." 집사가 말했다.

"나하고요?" 조던이 놀라서 소리쳤다.

"네."

조던은 천천히 일어나면서 놀란 표시로 나에게 눈썹을 치켜올려 보이고 집사를 따라 안으로 들어갔다. 그는 이브닝드레스뿐 아니라 모든 옷을 운동복처럼 입었다. 맑고 상쾌한 아침에 골프장에서 처음 골프를 배우는 사람처럼 움직임에 경쾌한 느낌이 있었다.

나는 혼자 남았고 시간은 2시가 다 되어갔다. 얼마 동안 테라스 위쪽, 창문이 많은 긴 방에서 혼란스럽고도 흥미로운 소리가 들렸다. 잠시 후 나는 합창단 여자 두 명과 여성 의학과 관련 이야기를 하면서 내게도 동참하라고 호소하는, 조던을 따라온 대학생을 피해서 안으로 들어갔다.

큰 방에는 사람이 가득했다. 노란 옷을 입고 있던 여자한 명이 피아노를 치고, 그 옆에서는 유명 합창단에서 온 키

큰 붉은 머리 여자가 노래를 했다. 여자는 샴페인을 꽤 많이 마셨고, 노래를 부르는 동안 세상 모든 것이 슬프기 짝이 없다는 부적절한 판단을 내린 듯 노래하는 데서 나아가 흐느끼기까지 했다. 노래가 멈출 때마다 그 공백이 불규칙한 흐느낌으로 차올랐다가, 다시 흔들리는 소프라노 노래가 이어졌다. 눈물이 두 뺨에 흘렀지만, 주르륵 흐르지는 않았다. 눈물이 잔뜩 치장한 속눈썹과 닿자 잉크빛을 머금고 검은 물줄기가 되어 천천히 흘러내렸기 때문이다. 얼굴에 그려진 악보를 노래하는 것 같다고 누가 농담하자, 여자는 두 손을 허공에 털더니 의자에 주저앉아서 술기운이 안겨주는 깊은 잠에 빠져들었다.

"저 여자는 자기가 남편이라고 주장하는 남자하고 싸웠어요." 내 옆에 앉은 여자가 말했다.

나는 주변을 돌아보았다. 남아 있는 여자들은 대부분 남편이라고 주장하는 남자들과 싸우고 있었다. 조던의 일행인 이스트에그 출신 4인조도 의견이 갈려 있었다. 남자 한 명이 젊은 여배우와 유난히 열을 올리며 이야기하고, 그의 아내는 그 상황을 위엄 있고 무심하게 웃어넘기려다가 결국 참지 못하고 측면공격을 시도했다. 대화가 끊길 때마다 여자는 성난 다이아몬드처럼 남편 옆에 나타나서 "당신 나한테 약속했어!" 하고 사납게 귓속말을 했다.

집에 가기 싫어하는 것이 방랑하는 남자들만은 아니었다. 메인 홀은 이제 어이없을 만큼 정신이 멀쩡한 두 남자와 그들의 성난 두 아내가 차지하고 있었다. 아내들은 약간 높은 목소리로 서로 공감을 나누고 있었다.

"내가 재미있게 놀면 그 사람은 집에 가고 싶어 해요."

"그렇게 이기적인 이야기는 평생 처음 들어요."

"그래서 우리는 항상 가장 먼저 떠나요."

"우리도 그래요."

"오늘은 우리가 거의 마지막이야." 남자 하나가 조심스럽게 말했다. "관현악단도 30분 전에 떠났어."

그렇게 악의적인 말은 있을 수 없다는 데 두 아내의 의견이 일치했지만, 말다툼은 짧게 끝나고 여자들은 모두 번쩍 들어 올려져서 발길질을 하며 어둠 속으로 사라졌다.

내가 홀에서 모자를 기다리는데 서재 문이 열리더니 조던 베이커와 개츠비가 함께 나왔다. 개츠비가 조던에게 마지막 말을 하는 동안 몇몇 사람이 작별 인사를 하러 다가오자 그의 열렬하던 태도가 갑자기 정중하게 변했다.

일행이 포치에서 재촉했지만, 조던은 조금 더 기다려서 악수를 했다.

"방금 아주 놀라운 이야기를 들었어요." 조던이 속삭였다. "우리가 안에서 얼마나 있었죠?"

"아마 한 시간 정도."

"정말 놀라웠어요." 조던이 정신이 딴 데 팔린 듯 다시 말했다. "하지만 말하지 않겠다고 맹세했으니까 당신을 애태울 수밖에 없네요." 조던은 나를 보며 우아하게 하품했다. "연락 주세요……. 전화번호부를 보면…… 시고니 하워드 부인이…… 제 고모예요……." 그는 그렇게 말하고 서둘러 나갔다. 그리고 갈색 손을 경쾌하게 흔들어 인사하고 문 앞에서 기다리는 일행 속으로 사라졌다.

나는 처음 파티에 와서 그렇게 늦게까지 남아 있는 게 좀 부끄러워서, 개츠비 주변에 모여 있는 마지막 손님들 틈에 끼어들었다. 개츠비에게 초저녁에 그를 찾아다녔다고 말하고 정원에서 몰라봐서 미안하다고 사과하고 싶었다.

"신경 쓸 것 없어요." 그가 열의에 찬 목소리로 말했다. "전혀 신경 쓸 일 아니에요, 친구." 친근한 그 호칭도 편안했지만 내 어깨를 토닥이는 그의 손길이 더 친근하게 다가왔다. "그리고 내일 아침 9시에 활주정 타기로 한 것 잊지 말아요."

그때 집사가 그의 어깨 뒤로 나타났다.

"필라델피아에서 전화 왔습니다."

"좋아, 금방 갈게. 금방 간다고 말해……. 그럼 이만 안녕히."

"네, 안녕히 계세요."

"잘 가요." 그가 미소 지었고, 그러자 마지막 무리에 남아 있었던 일이 갑자기 긍정적인 의미가 있는 것 같았다. 마치 그가 내내 그것을 바라기라도 한 것처럼. "잘 가요, 친구…… 안녕히."

하지만 현관 계단을 내려가면서 보니 그날이 끝나려면 멀어 보였다. 정문 15미터 거리에 헤드라이트 여남은 개가 기이하고도 혼란스러운 장면을 비추고 있었다. 개츠비 저택 주차장 진입로를 떠난 지 2분도 되지 않은 새 쿠페가 바퀴 하나가 떨어져 나간 채로 도로 옆 도랑에 왼쪽 차체를 처박고 있었다. 담장의 돌출 부위가 바퀴가 떨어져 나간 이유인 듯했고, 바퀴 앞에 운전기사 대여섯 명이 호기심을 품고 모여 있었다. 하지만 그들이 차를 세워서 길이 막히자, 뒤쪽 사람들이 한동안 격렬하게 항의하는 바람에 이미 혼란스러운 현장이 더욱 어지러워졌다.

망가진 차에서 내린 사람은 긴 먼지막이 코트를 입은 남자였는데, 도로 중간에 서서 유쾌하고도 황당한 표정으로 자동차를 보다 타이어를 보다 구경꾼들을 보다 했다.

"이런! 차가 도랑에 빠졌네요." 그가 말했다.

그는 그 사실에 엄청나게 놀란 것 같았는데, 나는 그 유난스레 놀라는 모습에 먼저 주목했다가 그다음에야 남자를 알아보았다. 아까 개츠비의 서재에서 본 사람이었다.

"어떻게 된 일이죠?"

그는 어깨를 으쓱해 보였다.

"나는 기계는 몰라요." 그가 잘라 말했다.

"하지만 어쩌다 이렇게 된 건가요? 담장을 받았나요?"

"나한테 묻지 말아요." 올빼미 안경이 책임을 회피하며 말했다. "나는 운전을 잘 몰라요. 거의 모르다시피 해요. 그냥 어쩌다 이렇게 되었고, 그 이상은 모릅니다."

"운전이 서툴면 야간에는 시도하지 말았어야죠."

"시도 안 했어요. 운전할 생각도 없었어요." 그가 성난 목소리로 말했다.

구경꾼들이 놀라서 조용해졌다.

"자살하려고 하신 건가요?"

"바퀴 하나만 날렸으니 운이 좋으셨네요! 운전도 못하고 시도도 안 했는데!"

"잘 모르고 그렇게 말씀하시는데," 사고의 장본인이 말했다. "운전한 건 내가 아니에요. 차에 다른 사람이 있어요."

이 발언에 충격을 받은 사람들이 "아, 아!" 하며 지속적인 감탄사를 내뱉는 가운데 쿠페의 문이 천천히 열렸다. 군중(이제는 군중이었다)은 부지불식간에 뒤로 물러섰고, 문이 활짝 열리자 유령이라도 본 듯 얼어붙었다. 천천히, 아주 천천히, 망가진 자동차에서 창백하고 겁먹은 사람이 나와서 크

82

고 불안한 댄싱 슈즈를 신은 발로 조심스럽게 땅을 디뎠다.

그 유령 같은 남자는 헤드라이트 불빛에 눈이 부시고 끊이지 않는 경적 소리에 정신이 없어서 잠시 흔들리며 서 있다가 먼지막이 코트를 입은 남자를 보았다.

"무슨 일인가요? 기름이 떨어졌나요?" 그가 차분하게 물었다.

"저걸 봐요!"

대여섯 사람의 손가락이 떨어져 나간 바퀴를 가리켰다. 그는 잠시 바퀴를 바라보더니 그것이 하늘에서 떨어졌다고 의심하는 듯 공중을 바라보았다.

"바퀴가 떨어져 나갔어요." 누군가 알려주었다.

그가 고개를 끄덕였다.

"처음에는 차가 멈춘 줄도 몰랐어요."

침묵. 그러더니 그는 숨을 길게 들이마시고 어깨를 펴면서 결연한 목소리로 말했다.

"주유소가 어디 있는지 아시나요?"

여남은 명이(몇몇은 그 사람보다 상태가 좋을 것도 없었다) 그에게 바퀴가 자동차와 물리적으로 완전히 분리되어 있다고 설명했다.

"뒤로 물려요. 차를 후진시켜요." 그가 잠시 후 말했다.

"하지만 바퀴가 떨어져 나갔어요!"

그는 망설였다.

"시도는 해볼 수 있잖아요." 그가 말했다.

경적의 아우성이 점점 커져가고, 나는 돌아서서 잔디를 가로질러 집으로 걸어갔다. 그러다 한 번 뒤를 돌아보았다. 얇은 전병 같은 달이 개츠비의 집 위에서 빛나며 언제나처럼 멋지게 밤을 장식했다. 달빛은 아직 조명이 환하지만 웃음과 소리가 사라진 정원을 조용히 비추었다. 창문과 큰 문들에서 이제 갑작스러운 공허가 흘러나와서, 포치에서 손을 들어 정중히 작별 인사를 하는 집주인에게 완벽한 고립을 안겨주는 것 같았다.

지금까지 쓴 것을 읽어보니, 내가 몇 주 간격으로 참가한 세 차례 파티에 홀딱 빠졌던 듯한 인상을 줄 것 같다. 하지만 실제로 그것은 복작이는 여름에 벌어진 가벼운 사건들이었을 뿐이고, 내 관심은 시간이 한참 흐를 때까지 개인적인 일들에 훨씬 더 쏠려 있었다.

나는 대부분의 시간에 일을 했다. 이른 아침 햇살이 그림자를 서쪽으로 드리울 때 남부 맨해튼 고층 건물들 사이로 난 하얀 틈새를 바삐 걸어 프로비티 신탁회사로 출근했다. 다른 사원이나 젊은 채권 영업자들과 친하게 지냈고, 어둡고 붐비는 식당에서 소시지와 으깬 감자와 커피로 함께 점심을 했다. 저지시티에 사는 회계부 여자와 잠시 연애도 했지만, 여자의 오빠가 나를 달갑잖게 보는 바람에 여자가 7월에 휴가를 떠났을 때 조용히 관계를 놓아버렸다.

저녁 식사는 주로 예일 클럽에서 했다. 어떤 이유로 그것은 내 하루 중 가장 우울한 시간이었다. 식사를 한 뒤에는 2층 서재에 올라가서 한 시간 동안 착실하게 투자와 주식을 공부했다. 몇몇 분란꾼도 있었지만, 그들은 서재에 들어오지 않았기 때문에 공부하기에 딱 좋았다. 그런 뒤 저녁 날씨가 좋으면 매디슨 대로를 걸어 머리힐 호텔을 지나고, 33번가를 지나 펜실베이니아역으로 갔다.

나는 어느새 뉴욕을, 그곳의 생기 넘치고 모험 가득한 밤 분위기를, 사람과 기계의 끊임없는 깜박임이 활기찬 눈에 안겨주는 만족감을 좋아하게 되었다. 5번 대로를 걸을 때면, 군중 속에서 낭만적인 여자를 골라서 몇 분 만에 내가 그 여자의 삶에 들어가고, 누구도 그걸 알거나 반대하지 못한다는 상상을 즐겼다. 때로 나는 상상 속에서 숨겨진 거리 모퉁이에 있는 그 여자들의 아파트까지 따라가고, 그러면 그들은 나를 보고 미소 지은 뒤 문을 열고 따뜻한 어둠 속으로 사라졌다. 매혹적인 대도시의 황혼 속에서 때로 저미는 외로움을 느끼기도 했다. 그것은 다른 사람들에게서도 느껴졌다. 창가를 어슬렁거리며 혼자 저녁 먹으러 갈 시간을 기다리는 젊은 사무원들, 밤과 삶의 가장 강렬한 시간을 낭비하는 황혼 속의 젊은 사무원들에게서.

다시 8시가 되어 40번대 거리의 어두운 차로마다 극장가로 가는 시끄러운 택시들이 다섯 줄을 이룰 때면, 나는 심장이 덜컹 내려앉는 느낌이 들었다. 택시를 탄 사람들은 출발을 기다리며 서로 몸을 기대고, 노래도 부르고, 내가 듣지 못한 어떤 농담에 웃음을 터뜨렸고, 불붙은 담배들은 알 수 없는 원을 그렸다. 나 역시 즐길 여흥이 있다는 상상으로 그들과 은밀한 흥분을 공유하며 나는 그들의 행운을 빌었다.

한동안 조던 베이커를 보지 못하다가 한여름에 다시 만나게 되었다. 처음에는 그와 함께 여기저기를 다니는 일이 기분 좋았다. 그는 골프 챔피언이고 모든 사람이 그의 이름을 알았기 때문이다. 그러더니 그 이상이 되었다. 나는 정확히 사랑에 빠진 것은 아니지만, 애정 어린 호기심 같은 것을 느꼈다. 그가 세상에 보이는 권태롭고 오만한 얼굴은 무언가를 감추고 있었다. 대부분의 가식은 처음에는 그러지 않더라도 결국에는 무언가를 감춘다. 그리고 어느 날, 나는 그게 무엇인지 알게 되었다. 우리가 워릭에서 열린 파티에 함께 갔을 때, 그는 빌린 자동차의 지붕을 빗속에 열어두었고, 그러고선 거짓말을 했다. 그러자 데이지의 집에서는 기억하지 못했던 그에 관한 이야기 하나가 문득 떠올랐다. 그가 처음으로 참가한 메이저 골프 대회에서 신문에까지 실릴 뻔한 소동이 벌어졌다. 그가 준결승 라운드에서 공의 위치를 부정하게 옮겼다는 것 같았다. 그 일은 스캔들 수준에 이르렀지만 곧 가라앉았다. 캐디가 말을 바꾸었고, 유일한 다른 증인은 자신이 착각했을지 모른다고 말했다. 하지만 그 사건과 이름은 내 머릿속에 남아 있었다.

조던 베이커는 똑똑하고 꾀바른 남자를 본능적으로 피했는데, 이제 보니 그것은 규범 위반이 허용되지 않는 공간이 더 편안해서였다. 그는 대책 없을 정도로 부정직하고, 불리한 위치에 서는 것을 견디지 못했다. 이런 태도를 생각하면 그는 아주 어렸을 때부터 그 차갑고 건방진 미소로 세상을 대하고 동시에 단단하고 활기찬 신체의 요구를 충족시키기 위해서 거짓과 거래를 했던 것 같다.

그 때문에 내가 달라지지는 않았다. 여자의 거짓을 깊이 나무라는 사람은 없다. 나는 가볍게 마음이 상했지만 곧 잊었다. 바로 그 파티에서 우리는 자동차 운전에 대해서 이상한 대화를 했다. 그가 어떤 노동자들 곁을 너무 아슬아슬하게 지나가서 자동차 펜더가 누군가의 코트 단추에 스쳤기 때문이다.

"운전이 엉망이군요." 내가 나무랐다. "좀 더 조심하거나 아니면 운전을 하지 않는 게 좋겠네요."

"나는 조심해요."

"그렇지 않아요."

"어쨌건 다른 사람들이 조심해요." 그가 가볍게 말했다.

"그게 무슨 상관입니까?"

"사람들이 비킬 거예요." 그는 우겼다. "양쪽이 잘못해야 사고가 일어나요."

"하지만 당신처럼 부주의한 사람을 만난다면?"

"그런 일은 없으면 좋겠어요. 나는 부주의한 사람이 싫어요. 그래서 당신을 좋아하는 거예요."

햇빛에 찌푸린 회색 눈동자는 전방을 주시했지만 그는 일부러 우리 관계를 변화시켰고, 나는 잠시 그를 사랑한다고 생각했다. 하지만 나는 생각이 느린 사람이고, 욕망에 브레이크를 거는 내적 규칙이 많아서, 먼저 고향에 남겨둔 문제부터 확실히 정리해야 했다. 나는 일주일에 한 번씩 고향의 여자에게 편지를 쓰고 "사랑하는 닉" 하고 서명을 했지만, 내게 떠오르는 것은 그 여자가 테니스를 칠 때 인중에 맺히는 땀방울뿐이었다. 그래도 내가 자유를 얻으려면 그런 막연한 묵계도 요령 있게 깨야 했다.

사람은 누구나 자신에게 한 가지 이상 큰 미덕이 있다고 생각하는데, 내가 생각하는 나의 미덕은 내 주변에서 손꼽힐 만큼 드물게 정직한 사람이라는 것이다.

4장

일요일 아침 해변 마을들에 교회 종소리가 울릴 때, 세상과 그 애인은 다시 개츠비의 집에 와서 그의 잔디밭에서 즐겁게 반짝거렸다.

"그 사람은 밀주업자예요." 젊은 여자들이 그의 칵테일과 그의 꽃 사이를 움직이며 말했다. "그리고 그 사람이 폰 힌덴부르크(20세기 초 독일 대통령—옮긴이)의 조카고, 악마의 육촌이라는 걸 알아낸 자를 죽였어요. 여보, 나한테 장미 한 송이 주고 거기 크리스털 잔에 마지막 한 방울을 따라줘."

나는 기차 시간표의 빈 공간에 그해 여름 개츠비의 집에 온 사람들 이름을 적어본 적이 있다. 낡은 시간표는 이제 접힌 데가 갈라지고, '이 일정은 1922년 7월 5일 현재 유효'라고 적혀 있다. 하지만 거기 적힌 색 바랜 이름들은 아직도 읽을 수 있는데, 그 명단을 소개하면 개츠비의 환대를 누리면서도 미묘한 존중심으로 그에 대해 아무것도 알지 못하는 사람들에 대해 내가 막연하게 설명하는 것보다 더 잘 파악할 수 있을 것이다.

이스트에그에서는 체스터 베커 부부와 리치 부부, 예일대학 시절에 내가 알고 지낸 번슨이라는 남자, 작년 여름 메인주에서 익사한 웹스터 시빗 박사가 왔다. 혼빔 부부, 윌리 볼테어 부부, 항상 구석에 모여 있다가 누가 오면 염소처럼 코를 치켜들던 블랙벅 일가도 있었다. 그리고 이즈메이 부부와 크리스티 부부(아니 휴버트 아워박과 크리스티 씨의 아내), 어느 겨울날 오후에 아무 이유 없이 머리가 하얗게 세었다는 에드거 비버가 있었다.

클래런스 엔다이브도 이스트에그 출신이었다고 기억한다. 그는 꼭 한 번 짧고 헐렁한 흰색 니커보커스 바지를 입고 와서 에티라는 이름의 부랑자와 정원에서 싸웠다. 롱아일랜드 좀 더 먼 곳에서는 치들 부부와 O. R. P. 슈레더 부부가 왔고, 조지아의 스톤월 잰슨 에이브럼스 부부와 피시가드 부부, 리플리 스넬 부부가 왔다. 스넬은 거기 온 지 사흘 만에 교도소에 갔는데 술에 떡이 된 채 자갈을 깐 주차장 진입로에 뻗어 있다가 율리시스 스웻 부인의 자동차에 오른손을 치였다. 댄시 부부도 왔고, 예순이 훌쩍 넘은 S. B. 화이트베이트, 모리스 A. 플링크, 해머헤드 부부, 담배 수입상 벨루가와 그의 딸들도 왔다.

웨스트에그에서는 폴 부부, 멀레디 부부, 세실 로벅, 세실 숀, 주 상원의원 굴릭, '필름스 파엑셀런스' 영화사를 움직이는 뉴턴 오키드, 에크호스트, 클라이드 코언, 돈 S. 슈워츠(아들), 아서 매카티가 왔는데, 모두 이런저런 방식으로 영화와 관계된 사람들이었다. 그리고 캐틀립 부부, 뱀버그 부부, G. 얼 멀둔(나중에 아내를 교살한 그 멀둔의 형)이 있었다. 프로모터 다 폰타노도 왔고 에드 르그로스와 제임스 B.('싸구려 술') 페릿, 드종 부부, 어니스트 릴리는 도박을 하러 왔다. 페릿이 정원으로 나와서 어슬렁거리면 돈을 다 털렸고, 다음 날 어소시에이티드 트랙션사의 주가가 오른다는 뜻이었다.

클립스프링어라는 남자는 너무 자주 오고 오래 있어서 '하숙생'이라는 별명이 붙었다. 그에게 다른 집은 없었던 것 같다. 극장 관계자로는 거스 웨이즈, 호러스 오도너번, 레스터 마이어, 조지 더크위드, 프랜시스 불이 있었다. 역시 뉴욕에서 온 사람들로는 크롬 부부, 백하이슨 부부, 데니커 부부, 러셀 베티, 코리건 부부, 켈러허 부부, 듀어 부부, 스컬리 부부, S. W. 벨처, 스머크 부부, 지금은 이혼한 젊은 퀸 부부, 타임스 스퀘어에서 지하철 앞으로 뛰어들어 자살한 헨리 L. 팰머토가 있었다.

베니 매클레너핸은 매번 여자 네 명을 데리고 왔다. 여자들은 다 다른 사람이었지만 서로 너무 비슷해서 꼭 전에 온 적이 있는 것 같았다. 그들의 이름은 잊었다. 재클린이나 컨수엘라 또는 글로리아나 주디 또는 준이라는 이름이었고, 그들의 성씨는 꽃 이름이나 달 이름과 관련된 음악적인 이름 아니면 엄격한 느낌을 주는 미국 대자본가들의 이름이었는데, 캐물으면 그들의 친척이라고 고백하곤 했다.

이 모든 사람들에 덧붙여서 포스티나 오브라이언이 적어도 한 번 이상 거기 왔고, 베데커가의 딸들, 전쟁에서 총에 맞아 코를 잃은 젊은 브루어, 올브럭스버거 씨와 약혼자 헤이그 양, 아디타 피츠피터스와 미국 재향군인회 전 회장인 P. 주잇 씨, 클로디아 힙 양과 그의 운전기사로 알려진 남자, 우리가 공작이라고 부르던 무슨 대공(그때는 이름을 알았다 해도 지금은 잊었다)이 있었다.

이 모든 사람들이 그해 여름에 개츠비의 집에 왔다.

7월 말 어느 날 아침 9시에 개츠비의 눈부신 자동차가 울퉁불퉁한 주차장 진입로로 우리 집 앞에 오더니 3음정 경적을 선율처럼 울렸다. 내가 그의 파티에 두 번 가고, 그의 활주정을 타고, 간곡한 초대에 그의 해변을 자주 이용하기는 했지만, 그가 찾아오기는 처음이었다.

"안녕하신가, 친구? 오늘 나하고 점심을 함께하지. 그런 뒤에 내 차로 나들이를 좀 하는 게 어때?"

그는 자동차의 대시보드 위에서 균형을 잡고 있었는데, 여유로운 동작이 아주 미국인다웠다. 그것은 젊은 시절에 무거운 물건을 들거나 꼼짝 않고 앉아 있는 일이 없어서 가능한 것이고, 나아가 우리의 격렬하고도 움찔거리는 스포츠가 가진 무정형의 우아함에서도 기인한다. 이런 특징이 불안함의 형태로 그의 정중한 태도를 계속 침범했다. 그는 가만히 있지 못했다. 항상 발로 어딘가를 두드리거나 손을 초조하게 폈다 오므렸다 했다.

개츠비는 내가 경탄스러운 눈길로 자동차를 바라보는 것을 보았다.

"예쁘지, 친구?" 그는 내가 차를 더 잘 보도록 차에서 뛰어내렸다. "전에 본 적 없던가?"

나는 본 적 있었다. 그 차는 모두가 보았다. 짙은 크림색에, 번쩍이는 니켈로 장식되어 있고, 엄청나게 긴 차체 곳곳에 모자 상자, 음식 상자, 연장 상자들이 당당히 놓여 있었다. 복잡하게 디자인된 앞 유리창에는 열두 개나 되는 태양이 빛났다. 우리는 유리 여러 겹으로 만든 녹색 가죽 온실 같은 그의 자동차를 타고 시내로 출발했다.

지난달에 그와 대여섯 번 대화했지만, 실망스럽게도 그는 화제가 별로 없었다. 그래서 그가 정체는 불분명해도 뭔가 중요한 인물이라는 첫인상은 사라지고, 차츰 그저 이웃에 사는 화려한 여관의 주인으로 여겨졌다.

그즈음에 그 혼란스러운 자동차 나들이가 있었다. 웨스트에그 마을에 도착하기도 전에 개츠비는 평소의 점잖은 말투를 던져버리고 진갈색 양복 무릎을 어정쩡 두드리기 시작했다.

"이봐, 친구. 나를 어떻게 생각하지?" 그가 난데없이 물었다.

나는 약간 어리벙벙해서 그런 질문에 어울리는 일반적인 말로 얼버무렸다.

"내 인생 이야기를 좀 해주겠어." 그가 내 말을 잘랐다. "자네가 여기저기서 듣는 이야기로 나에 대해 잘못 생각하게 만들고 싶지 않으니까."

그러니까 그는 자신의 집 곳곳에서 대화에 곁들여지는 기묘한 악담들을 알고 있었다.

"신성한 진실을 말해주겠어." 그는 신성한 처벌을 청하듯 오른손을 번쩍 들었다. "나는 중서부 부유한 집안에서 태어났어. 식구들은 지금 다 죽었지. 나는 미국에서 자랐지만 교육은 옥스퍼드에서 받았어. 집안 대대로 거기서 교육을 받았거든. 가문의 전통이야."

그는 나를 힐끗 곁눈질했다. 그리고 나는 조던 베이커가 왜 개츠비가 거짓말을 한다고 생각하는지 알았다. 그는 '옥스퍼드에서 교육받았다'라는 말을 아주 급하게 해서 마치 그 말을 삼키거나 그 말에 목이 막히는 것 같았다. 그 말이 전에도 그를 괴롭힌 것 같았다. 이 의심과 함께 그의 모든 이야기는 산산이 부서지고, 나는 이 사람이 결국 어딘가 수상쩍다는 생각이 들었다.

"중서부 어디?" 내가 가볍게 물었다.

"샌프란시스코."

"그렇군."

"가족은 전부 죽었고, 나는 큰돈을 물려받았어."

그는 일가가 사라진 기억이 아직도 괴로운 듯 엄숙한 목소리가 되었다. 나는 잠시 그가 나를 놀리나 싶었지만 그를 보니 그런 게 아닌 것 같았다.

"그 뒤로 나는 유럽의 대도시들(파리, 베네치아, 로마)에서 소왕국의 젊은 군주처럼 살았어. 보석, 특히 루비를 모으고, 큰 짐승들을 사냥하고, 나 혼자 볼 그림도 좀 그리면서, 오래전에 겪은 큰 슬픔을 잊으려고 했지."

나는 어이가 없어서 웃음이 터져 나오는 것을 간신히 참았다. 표현이 너무 상투적이라서 그것이 떠올려주는 이미지라고는 터번을 쓴 '인물'이 온몸의 모공으로 톱밥을 흘리면서 불로뉴 숲에서 호랑이를 쫓는 모습뿐이었다.

"그러다가 전쟁이 일어났어, 친구. 내게 구원과 같았지. 죽으려고 무지 애썼지만 내 인생은 마법에 걸린 것 같았어. 처음에는 중위로 임관했어. 아르곤 숲에서 기관총 분견대 둘을 빠르게 전진시켰는데 보병대가 얼른 따라오지 못해서 양옆에 800미터가량 틈이 생겼지. 거기서 이틀 낮밤을 보냈어. 루이스 기관총 16정을 든 군인 130명이. 마침내 뒤따라온 보병대는 시체 더미에서 독일군 3개 사단의 휘장을 발견했지. 나는 소령으로 진급했고, 연합국의 모든 정부에서 훈장을 받았어. 아드리아해의 소국 몬테네그로에서도!"

소국 몬테네그로! 그는 그 말을 공중으로 들어 올리고 그것을 향해 고개를 끄덕이며 미소를 더했다. 그 미소는 몬테네그로의 고난의 역사를 이해하고, 몬테네그로인의 용감한 투쟁에 공감하는 듯했다. 또 몬테네그로의 작고 따뜻한 심장에서 이런 표창이 나오게 된 일련의 민족적 상황에 경의를 표했다. 내 의심은 이제 매혹 속에 가라앉았다. 잡지 열두 권을 서둘러 훑어보는 느낌이었다.

개츠비는 주머니에서 긴 띠가 달린 금속 조각을 꺼내서 내 손에 떨구었다.

"그게 몬테네그로에서 받은 훈장이야."

놀랍게도 그 물건은 진짜 같았다.

'오르데리 디 다닐로, 몬테네그로, 니콜라스 렉스'(다닐로

96

훈장, 몬테네그로, 니콜라스 왕—옮긴이)라는 라틴어 문구가 둥글게 새겨져 있었다.

"뒤집어봐."

"제이 개츠비 소령의 무훈을 치하하며." 내가 읽었다.

"내가 늘 소지하고 다니는 게 또 하나 있어. 옥스퍼드 시절의 기념품이야. 트리니티 칼리지에서 받은 거. 내 왼쪽에 있는 사람은 지금 돈카스터 백작이야."

블레이저를 입은 젊은이 대여섯 명이 첨탑 여러 개를 등지고 아치 아래에서 한가롭게 노니는 사진이었다. 거기 개츠비가 있었다. 지금보다 약간 젊어 보이는 그가 손에 크리켓 방망이를 들고 있었다.

그러면 모두 사실이라는 뜻이었다. 베네치아 대운하변에 있는 그의 궁전 같은 집에서 호랑이 가죽이 번쩍거리는 모습이 눈에 보이는 것 같았다. 그가 상처받은 마음을 달래려고 진홍빛 루비로 가득한 궤짝을 여는 모습도 보였다.

"내가 오늘 자네한테 큰 부탁을 하나 할 거야." 그가 만족스러운 기색으로 기념물들을 주머니에 넣으면서 말했다. "그래서 나에 대해서 좀 알려주어야 할 것 같았어. 자네한테 하찮은 인간으로 보이기는 싫거든. 나는 낯선 사람들 틈에서 지내는 일이 많아. 내게 일어난 슬픈 일을 잊으려고 떠돌면서 사니까." 그러더니 그가 잠시 망설였다. "그게 뭔지는 오늘 오후에 알게 될 거야."

"점심 식사 때?"

"아니, 오후에. 내가 우연히 자네가 베이커 양하고 차 약속이 있다는 걸 알게 됐거든."

"혹시 베이커 양을 사랑하는 거야?"

"그건 아니야, 친구. 하지만 베이기 양은 친절하게도 이일과 관련해서 자네한테 말을 해주기로 했어."

나는 '이 일'이 무엇인지 짐작이 가지 않았지만, 흥미보다는 짜증이 일었다. 내가 조던에게 차를 마시자고 한 것은 제이 개츠비 씨 일을 의논하기 위해서가 아니었다. 그의 부탁은 터무니없는 내용일 것 같았고, 그의 붐비는 잔디밭에 발을 들여놓았던 것이 잠시 후회되었다.

그는 더 이상은 말하지 않았다. 뉴욕이 가까워지자 점점 더 정중해졌다. 우리는 붉은 띠를 두른 외항선들이 보이는 포트루스벨트를 지나 어두운 술집들(색 바랜 금박 장식을 한 1900년대 술집들에 아직도 손님이 드나들었다)이 늘어선 슬럼가를 달렸다. 이윽고 잿더미 계곡이 양옆에 나타났고, 윌슨 부인이 씩씩하게 주유기를 당기는 모습이 스쳐 지나갔다.

우리는 펜더를 날개처럼 펼치고 애스토리아(뉴욕시 퀸스구의 한 지역—옮긴이)를 절반쯤 지나갔다. 절반뿐이었다. 고가 철도 기둥 사이를 누빌 때, 익숙한 오토바이 소리가 들리면서 경찰이 맹렬하게 우리를 따라왔기 때문이다.

"알았어, 친구." 개츠비가 소리쳤다. 우리는 속도를 늦추었다. 그는 지갑에서 흰색 카드를 꺼내서 경찰관 눈앞에 흔들었다.

"아, 맞는군요." 경찰이 모자에 손을 대며 말했다. "다음에는 알아서 모시겠습니다, 개츠비 씨. 실례했습니다!"

"그게 뭐였어? 옥스퍼드 사진?" 내가 물었다.

"전에 내가 경찰서장 부탁을 들어준 적이 있어서 그 사람이 해마다 나한테 크리스마스카드를 보내."

거대한 다리 위에는 들보 사이로 비쳐 든 햇빛이 달리는 자동차들 위에 아른거리고, 강 건너편에는 뉴욕이 꿈결처럼 냄새나지 않는 돈으로 건설된 하얀 각설탕 더미를 이루어 솟아올랐다. 퀸스버러 다리에서 바라본 뉴욕은 늘 처음 보는 도시처럼, 세상 모든 신비와 아름다움에 대한 무모한 첫 약속을 담고 있다.

꽃으로 장식한 영구차가 우리 곁을 지나갔고, 그 뒤로 블라인드를 내린 마차 두 대와 친구들을 태운 좀 더 밝은 분위기의 마차들이 따라갔다. 친구들은 남동부 유럽의 슬픈 눈과 짧은 윗입술로 우리를 바라보았고, 나는 그들이 슬픈 휴일에 개츠비의 멋진 자동차를 보게 된 것이 기뻤다. 블랙웰스섬을 지나갈 때 백인 운전기사가 모는 리무진이 우리 옆을 지나갔는데, 세련된 흑인 셋(남자 둘과 여자 하나)이 타고 있었다. 나는 그들이 우리에게 오만한 경쟁심을 보이며 눈동자를 굴리는 모습에 웃음을 터뜨렸다.

'이 다리를 건넜으니 이제 어떤 일도 있을 수 있어. 그 어떤 일도…….' 나는 생각했다.

심지어 개츠비 같은 사람도 있고, 그것도 그리 놀랍지 않을 수 있었다.

떠들썩한 정오였다. 나는 선풍기가 잘 돌아가는 42번가 지하 레스토랑에서 점심 식사를 위해 개츠비를 만났다. 밝은 거리에서 어두운 실내로 들어와서 눈을 깜박이는데, 개츠비가 대기실에서 어떤 사람과 이야기하는 모습이 흐릿하게 보였다.

"캐러웨이 씨, 이쪽은 내 친구 울프샤임 씨야."

체구가 작고 코가 납작한 유대인이 커다란 머리를 들어 나를 바라보자, 양쪽 콧구멍에 무성한 코털이 보였다. 잠시 후에 침침한 어둠 속에서 그의 작은 눈도 보였다.

"……그래서 나는 그 사람을 한번 보았지……." 울프샤임 씨가 나와 진지하게 악수하며 말했다. "……내가 어떻게 했을 것 같나?"

"무슨 말씀인가요?" 내가 예의 바르게 물었다.

알고 보니 내게 한 말이 아닌 것 같았다. 그가 내 손을 떨구고 표정이 풍부한 그 코를 개츠비에게 돌렸기 때문이다.

"나는 카츠포에게 돈을 건네고 말했어. '좋아, 카츠포. 그자가 입을 다물기 전에는 한 푼도 주지 마.' 그랬더니 그 자리에서 입을 다물었어."

개츠비는 우리 두 사람의 팔을 하나씩 잡고 레스토랑 안쪽으로 갔고, 거기서 울프샤임 씨는 무슨 말인가를 하려다 멈추고 몽유병에라도 걸린 듯 멍해졌다.

"하이볼을 드릴까요?" 수석 웨이터가 물었다.

"여기는 좋은 레스토랑이야." 천장에 그려진 장로교회풍 요정들을 바라보며 울프샤임이 말했다. "하지만 나는 길 건너편 레스토랑이 더 좋아!"

"네, 하이볼 줘요." 개츠비가 답한 뒤 울프샤임 씨에게 말했다. "거기는 너무 더워요."

"덥고 좁지. 맞아. 하지만 추억이 많아." 울프샤임 씨가 말했다.

"어디를 말씀하시나요?" 내가 물었다.

"옛 메트로폴." 개츠비가 말했다.

"옛 메트로폴." 울프샤임 씨는 우울한 생각에 잠겼다. "거기에는 죽어 떠난 얼굴들이 가득하지. 이제는 영원히 사라진 친구들이. 평생토록 나는 로지 로젠탈이 거기서 총 맞아 죽은 밤을 잊지 못할 거야. 우리 여섯 명이 테이블에 있었고, 로지는 저녁 내내 진탕 먹고 마셨어. 새벽이 되자 웨이터가 이상한 표정으로 와서 누가 밖에서 로지를 부른다고 했어. 로지는 '좋아' 하면서 일어나려 했지만, 내가 그를 의자에 주저앉혔어.

'할 말 있으면 놈들이 들어와야지, 로지 넌 여기서 나가면 안 돼.'

시각은 새벽 4시였고, 블라인드만 걷으면 햇빛이 들어왔을 거야."

"그 사람이 결국 갔나요?" 내가 순진하게 물었다.

"갔지." 울프샤임 씨의 코가 나를 보며 성난 듯이 벌름거렸다. "그리고 문 앞에서 돌아서서 말했어. '웨이터한테 내 커피 치우지 말라고 해!' 그리고 밖에 나갔고, 놈들은 로지의 불룩한 배에 총을 세 발 쏘고 자동차로 달아났어."

"그중 네 명이 전기의자로 사형당했죠." 내가 기억을 더듬으며 말했다.

"베커까지 다섯 명이야." 그가 흥미롭다는 듯 콧구멍을 내게 돌렸다. "당신은 사업 연줄을 찾고 있다고 들었소만."

두 문장이 연이어 나왔다는 것이 놀라웠다. 개츠비가 나 대신 대답했다.

"아니, 그 사람이 아니에요." 그가 소리쳤다.

"아니라고?" 울프샤임 씨는 실망한 것 같았다.

"이 사람은 그냥 친구예요. 나중에 이야기하자고 했잖아요."

"미안하게 됐구려. 내가 착각했소이다." 울프샤임 씨가 말했다.

육즙이 가득한 다진 고기 요리가 나왔고, 울프샤임 씨는 옛 메트로폴의 신파적인 분위기를 잊고 열심히 먹기 시작했다. 그러면서 천천히 방 전체를 훑더니, 마침내 고개를 돌려 뒤쪽에 앉은 사람들을 보는 것으로 탐색을 마쳤다. 나만 없었다면 우리가 앉은 테이블 아래쪽에도 눈길을 던져보았을 것 같았다.

"이봐, 친구." 개츠비가 내게 몸을 기울이며 말했다. "오늘 아침에 차에서 자네 기분을 약간 상하게 한 것 같아."

다시 그 미소가 나타났지만, 나는 이번엔 거기 저항했다.

"나는 수수께끼를 좋아하지 않아." 내가 말했다. "왜 자네가 원하는 걸 솔직하게 말하지 않는지 모르겠어. 왜 이 모든 게 베이커 양을 통해 이루어져야 하는 거지?"

"아, 비밀 같은 건 아니야." 그가 나를 달랬다. "베이커 양은 뛰어난 선수고, 옳지 않은 일은 하지 않을 거야."

그러더니 그는 갑자기 손목시계를 보고 벌떡 일어나서 나와 울프샤임 씨만 남겨두고 밖으로 나갔다.

"전화를 하러 가는 거요." 울프샤임 씨가 눈으로 그를 좇으며 말했다. "좋은 친구죠. 잘생겼고 흠잡을 데 없는 신사예요."

"네."

"오그스퍼드 출신이죠."

"아!"

"영국의 오그스퍼드대학을 다녔어요. 오그스퍼드대학을 아시나요?"

"들어봤습니다."

"세계적 명문 대학이에요."

"개츠비 씨와 알고 지내신 지 오래됐나요?"

"몇 년 됐죠." 그가 만족스러운 듯 대답했다. "전쟁 직후에 알게 되었습니다. 하지만 한 시간 동안 이야기를 해보니 교육을 잘 받았다는 걸 알 수 있었습니다. '집에 데리고 가서 어머니와 누이에게 소개해주고 싶은 친구'라는 생각이 들었지요." 그는 말을 멈추었다. "제 커프스단추를 보고 있군요."

나는 단추를 보고 있지 않았지만 그 말을 듣자 보게 되었다. 그것은 이상하게 친숙한 상아로 만들어져 있었다.

"최고급 인간 어금니로 만든 겁니다." 그가 알려주었다.

"아! 아주 기발한 소재네요." 나는 그것을 살펴보았다.

"그렇지요." 그는 코트 안으로 소매를 집어넣었다. "그래요, 개츠비는 여자들에게 신중합니다. 친구의 아내는 쳐다보지도 않아요."

이런 본능적 신뢰의 대상이 테이블로 돌아와 앉자, 울프샤임 씨는 커피를 홀쩍 마시고 일어났다.

"점심 잘했소이다." 그가 말했다. "젊은 두 분의 미움을 사기 전에 자리를 비켜드리지요."

"급하게 가시지 않아도 돼요, 마이어." 개츠비가 별로 강하지 않게 말했다. 울프샤임 씨는 축복하듯 손을 들었다.

"예의 바른 말은 고맙지만 나는 세대가 달라." 그가 엄숙하게 말했다. "두 사람이 여기 앉아서 하고 싶은 이야기는 스포츠와 여자와 또…… 그런 것들이지." 그는 또 하나가 무엇인지 말을 생략하고 다시 손을 흔들었다. "나는 쉰 살이고, 더는 폐를 끼치기 싫어."

그가 악수를 하고 돌아서는데 그 비극적인 코가 바르르 떨렸다. 나는 내가 무슨 기분 나쁜 말을 했나 생각해보았다.

"마이어는 가끔 아주 신파적이 돼." 개츠비가 말했다. "오늘은 저분이 신파적이 되는 날이야. 뉴욕에서 꽤나 알려진 인물이지. 브로드웨이 사람이야."

"어떤 사람이야? 배우?"

"아니."

"치과 의사?"

"마이어 울프샤임이? 아니, 도박사야." 개츠비는 망설이다가 차분하게 덧붙였다. "1919년 월드시리즈를 조작한 사람이야."(이른바 '블랙삭스 스캔들'. 1919년 시카고 화이트삭스 대 신시내티 레즈의 월드시리즈에서 화이트삭스 선수 여덟 명이 뇌물을 받고 경기에 져주었다는 스캔들. 사건을 주도했다고 알려진 아널드 로스스타인이 마이어 울프샤임의 모델이다. 기소된 8인은 1921년 재판에서 무죄판결을 받았지만 모두 영구 제명되었다─옮긴이)

"월드시리즈를 조작해?" 내가 물었다.

그 말은 아연했다. 물론 나는 1919년 월드시리즈가 조작되었다는 것을 기억하고 있었지만, 그 일에 대해서 무슨 생각이라도 했다면, 그냥 어쩌다 일어난 일, 불가피한 일들의 연쇄로 생겨난 결과라고 생각했을 것이다. 한 사람이 5000만 명의 믿음을 가지고 (금고를 폭파하는 강도의 지칠 줄 모르는 정신으로) 장난칠 수 있다는 생각은 하지 못했다.

"어떻게 그런 일을 한 거지?" 내가 잠시 후에 물었다.

"그냥 기회를 잡았어."

"왜 감옥에 안 간 거야?"

"마이어는 못 잡아, 친구. 똑똑한 사람이거든."

나는 점심값을 계산하겠다고 고집했다. 웨이터가 잔돈을 가져올 때, 붐비는 레스토랑 저편에 톰 뷰캐넌이 보였다.

"잠깐 같이 가. 인사할 사람이 있어서." 내가 말했다.

톰은 우리를 보자 자리에서 벌떡 일어나서 대여섯 걸음 걸어왔다.

"그동안 어디 있었어?" 그가 반가운 목소리로 물었다. "자네가 연락이 없다고 데이지가 얼마나 화가 났는지 몰라."

"이쪽은 개츠비 씨야, 뷰캐넌 씨."

그들은 짧게 악수했고, 개츠비의 얼굴에 긴장되고 낯선 당혹감이 떠올랐다.

"어쨌든 어떻게 지냈지?" 톰이 나에게 물었다. "어떻게 이렇게 먼 레스토랑까지 온 거야?"

"개츠비 씨하고 같이 점심을 했어."

나는 개츠비 씨를 돌아보았지만, 그는 거기 없었다.

1917년 10월 어느 날이었어요.

(조던 베이커는 그날 오후 플라자 호텔 야외 찻집의 꼿꼿한 의자에 꼿꼿하게 앉아서 이 이야기를 했다.)

나는 길을 걷나가 남의 십 산디밭을 섬다가 하며 돌아다녔어요. 잔디를 걷는 쪽이 더 좋았어요. 고무 밑창이 달린 영국제 신발을 신어서 부드러운 바닥을 걸으면 땅에 쏙쏙 박혔거든요. 새로 산 체크무늬 치마도 입었는데 바람에 제법 날렸어요. 그럴 때면 집집이 걸린 빨강, 하양, 파랑 깃발들이 뻣뻣하게 펼쳐져서 못마땅하다는 듯 '쯧쯧쯧' 소리를 냈어요.

가장 큰 깃발도 가장 큰 잔디밭도 모두 데이지 페이네 집의 것이었어요. 데이지는 그때 겨우 열여덟 살로 나보다 두 살이 많았는데, 루이빌 소녀들 중 단연 최고 인기였죠. 데이지는 흰옷을 입었고, 지붕이 없는 흰색 자동차가 있었어요. 데이지의 집 전화기는 하루 종일 쉬지 않고 울렸고, 캠프 테일러의 젊은 장교들은 저녁나절 '한 시간만이라도!' 데이지를 독점할 권리를 요구했어요.

그날 아침 데이지네 집 길 건너편에 갔는데, 길가에 데이지의 흰색 자동차가 세워져 있고, 데이지는 처음 보는 중위와 함께 차에 앉아 있었어요. 그들은 서로에게 푹 빠져 있었고, 데이지는 내가 1.5미터 앞에 이를 때까지도 나를 보지 못했어요.

"안녕, 조던. 이리 와봐." 데이지가 생각지도 않게 말했어요.

나는 데이지가 나와 이야기하고 싶어 한다는 게 기분 좋았어요. 내가 아는 언니들 중에 데이지가 가장 좋았으니까요. 데이지는 붕대를 만들러 적십자에 갈 거냐고 물었어요. 내가 그럴 거라고 하자 그러면 거기 사람들에게 자기는 오늘 못 간다고 전해줄 수 있냐고 물었어요. 데이지가 그렇게 말할 때 장교가 바라보는 눈길은 모든 여자가 받아보고 싶어 할 그런 눈길이었어요. 그 모습이 너무도 낭만적이라서 나는 그 일을 잊지 않았어요. 그 사람 이름은 제이 개츠비였는데, 그 뒤로 4년이 넘도록 그를 다시 보지 못했어요. 롱아일랜드에서 그를 다시 만난 뒤에도 예전의 그 사람인 줄 몰랐어요.

그때는 1917년이었어요. 그다음 해에 나도 남자들을 사귀기 시작했고, 경기에 출전하면서 데이지를 자주 보지 못했어요. 데이지는 좀 더 나이 많은 사람들과 사귀었지만 그런 일이 많지는 않았어요. 데이지에 대해 떠들썩한 소문이 돌았어요. 어느 겨울밤 데이지가 뉴욕에 가서 어느 해외 파병 군인에게 작별 인사를 하려고 짐을 싸다가 어머니에게 들켰다는 거였어요. 결국 뉴욕에 못 가게 되자, 데이지는 그 뒤로 몇 주일 동안 식구들과 말을 하지 않았어요. 그리고 그 뒤로는 군인들과 어울리지 않고, 평발에 근시라서 군대에 들어갈 수 없는 젊은이들만 몇 명 만났어요.

다음 해 가을이 되자 데이지는 다시 명랑해졌어요. 종전이 되자 사교계에 데뷔했고, 2월에 뉴올리언스 출신 남자와 약혼했다고 했어요. 그런데 6월이 되자 시카고 출신 톰 뷰캐넌이라는 남자와 루이빌에선 본 적 없는 화려한 결혼식을 올렸어요. 그는 기차 객실 네 칸을 빌려 하객 100명을 싣고 왔고, 실바크 호텔 한 층을 통째로 빌렸어요. 결혼식 전날에는 데이지에게 35만 달러나 하는 진주 목걸이를 선물했어요.

나는 신부 들러리였어요. 결혼식 전날, 축하 만찬 30분 전에 내가 데이지 방에 갔어요. 데이지는 꽃 장식 드레스를 입고 6월 밤처럼 사랑스럽게 침대에 누워 있었는데 술을 어찌나 마셨는지 얼굴이 벌겠어요. 한 손에는 화이트와인 병이 들려 있고, 다른 손에는 편지가 있었어요.

"축하해줘." 데이지가 말했어요. "여태껏 술을 마셔본 적이 없지만, 마시니까 참 좋네."

"무슨 일이야, 데이지?"

나는 겁이 났어요. 그렇게 취한 여자를 본 적이 없었거든요.

"여기." 데이지는 침대 위에 올려놓은 쓰레기통을 뒤져서 진주 목걸이를 꺼냈어요. "이걸 아래층에 가지고 가서 원래 주인에게 돌려줘. 데이지가 마음이 변했다고 말해줘. 데이지가 마음이 변했다고."

데이지는 울기 시작했어요. 울고 또 울었어요. 얼른 밖에 나가보니 데이지 어머니의 하인이 있었어요. 우리는 문을 잠그고 찬물로 데이지를 목욕시켰어요. 데이지는 편지를 손에서 놓으려 하지 않았어요. 욕조에도 가지고 가더니 물속에서 움켜쥐어서 젖은 뭉치로 만들었고, 편지가 눈처럼 조각조각 갈라지는 걸 보고서야 내가 비누 접시에 꺼내놓는 걸 허락했어요.

하지만 데이지는 더는 아무 말도 하지 않았어요. 우리는 데이지 코에 암모니아 에센스를 대주고 이마에 얼음을 올려 준 뒤 다시 드레스를 입혔어요. 30분 후 우리가 방에서 나올 때 데이지는 진주 목걸이를 걸고 있었고, 사건은 그걸로 끝났어요. 데이지는 다음 날 5시에 몸 한번 떨지 않고 톰 뷰캐넌과 결혼했고, 남태평양으로 석 달간 여행을 떠났어요.

나는 돌아온 그들을 샌타바버라에서 만났는데, 남편에게 그렇게 홀딱 빠진 여자는 처음 보는 것 같았어요. 톰이 잠시라도 자리를 비우면 데이지는 불안하게 주변을 둘러보며 "톰은 어디 갔어?" 했고, 그가 돌아올 때까지 얼빠진 표정이 되었어요. 데이지는 모래밭에 앉아 톰의 머리를 무릎에 얹고 한 시간 동안이나 그의 눈꺼풀을 손으로 문지르며 한없이 기쁜 표정으로 바라보았어요. 그들이 그렇게 함께 있는 모습은 뭉클한 데가 있었어요. 조용히 매혹되어 웃게 만드는 장면이었죠. 그때는 8월이었어요. 내가 샌타바버라를 떠나고 일주일 뒤 어느 날 밤 톰이 벤투라 도로에서 배달 차량을 치어서 자동차 앞바퀴가 빠져나갔어요. 그와 차에 동승했던 여자도 신문에 났어요. 팔이 부러져서요. 그 여자는 샌타바버라 호텔 객실 청소부였어요.

다음 해 4월에 데이지는 딸을 낳았고, 그들은 1년 동안 프랑스에서 살았어요. 어느 해 봄날 그들을 칸에서 만났고 나중에 도빌에서도 만났는데, 그 뒤에 그들은 시카고에 돌아가서 정착했어요. 당신이 알듯이 데이지는 시카고에서 인기가 많았어요. 그들은 환락을 즐기는 무리와 어울렸는데, 무리가 다 돈이 많고 거칠었지만 데이지의 명성에는 흠집이 가지 않았어요. 아마 데이지가 술을 마시지 않기 때문일 거예요. 술꾼들 틈에서 술을 마시지 않는 것은 큰 이점이 있어요. 입을 다물 수 있고, 무엇보다 다른 사람들이 보지 못하거나 신경 쓰지 않을 때 작은 일탈 행위도 할 수 있죠. 데이지가 바람을 피우지는 않았을 거예요. 하지만 데이지의 목소리에는 무언가 있었어요…….

그러다 6주쯤 전에 데이지는 몇 년 만에 개츠비의 이름을 들었어요. 내가 당신에게 웨스트에그의 개츠비를 아느냐고 물었을 때였죠. 기억나요? 당신이 집으로 돌아간 뒤 데이지가 내 방에 와서 깨우더니 어떤 개츠비를 말한 거냐고 물었고, 내가 설명하자(나는 비몽사몽간이었어요), 아주 이상한 목소리로 자신이 전에 알던 사람인 것 같다고 했어요. 그 말을 듣고서야 나는 그 개츠비가 데이지의 흰색 차에 있던 장교라는 것을 깨달았어요.

조던 베이커가 이 모든 이야기를 끝냈을 때, 우리는 30분 전에 플라자 호텔을 나와서 2인용 승용차를 몰고 센트럴파크를 지나가고 있었다. 태양은 영화배우들이 사는 웨스트 50번가 근처 고층 아파트들 뒤로 떨어지고, 벌써부터 풀밭 위로 귀뚜라미처럼 모여든 여자들의 맑은 목소리가 뜨거운 노을을 뚫고 솟아올랐다.

나는 아라비아의 족장,
당신의 사랑은 나의 것.
당신이 잠든 밤이면
나는 당신의 천막으로 기어드네⋯⋯

"기이한 우연이네요." 내가 말했다.

"하지만 우연이 아니었어요."

"우연이 아니라고요?"

"개츠비가 그 집을 산 건 만 건너편에 데이지의 집이 있기 때문이에요."

그러면 그 6월 밤에 개츠비가 열망한 것은 별들만이 아니었다. 그는 의미 없는 사치의 자궁에서 갑자기 빠져나와서 나에게 생생한 인물이 되었다.

"그 사람이 원하는 건⋯⋯" 조던이 말을 이었다. "⋯⋯당신이 조만간 데이지를 당신 집으로 부르고 그날 자기가 거기 방문하도록 해주는 거예요."

그 소박한 요구가 내 마음을 흔들었다. 그가 5년을 기다리고 저택을 사서 아무 상관 없는 부나방들에게 별빛을 뿌린 것은 어느 날 낯선 이의 정원으로 건너가기 위해서였다.

"그런 작은 부탁을 하려고 이 모든 이야기를 할 필요가 있었나요?"

"개츠비는 겁을 먹고 있어요. 너무 오래 기다렸거든요. 당신이 기분 상할지 모른다고 생각했어요. 하지만 그래도 속은 아주 끈질긴 사람이에요."

나는 약간 걱정되었다.

"왜 당신에게 만남을 주선해달라고 부탁하지 않았나요?"

"그 사람은 데이지에게 자기 집을 보여주고 싶어 해요." 조던이 설명했다. "그런데 당신이 바로 옆집에 살잖아요."

"아!"

"아마 그 사람은 데이지가 어느 날 자기 파티에 오기를 막연히 기대했던 것 같아요." 조던이 말을 이었다. "하지만 데이지는 오지 않았어요. 그러자 사람들에게 데이지를 아느냐고 묻기 시작했고, 그 사람이 찾은 첫 번째 사람이 나였어요. 그가 댄스파티에서 나를 부른 그날이었죠. 개츠비가 얼마나 공들여서 그 말을 했는지 몰라요. 물론 나는 그러면 뉴욕에서 점심을 함께하자고 했죠. 그랬더니 그 사람은 폭발할 것 같았어요.

'나는 경우에 벗어나는 일은 하기 싫어요!' 그는 계속 그렇게 말했어요. '데이지를 옆집에서 만나고 싶어요.'

내가 당신이 톰하고 친구라고 말하자, 그는 계획을 다 포기하려고 했어요. 그 사람은 톰에 대해 아는 게 없었어요. 혹시라도 데이지 이름이 나올까 봐 시카고의 신문을 몇 년 동안 읽었다고 하는데도요."

어느새 날이 어두워졌고, 우리가 작은 다리 아래를 지나갈 때 나는 조던의 금빛 어깨에 팔을 두르고 그를 끌어당긴 뒤 저녁을 함께하자고 했다. 나는 이제 데이지와 개츠비를 생각하지 않고, 이 깨끗하고 단단하고 편협한 사람, 회의주의로 세상을 대하는 사람, 내 팔에 안겨 명랑하게 뒤로 기댄 사람을 생각했다. 어지러운 흥분 속에 내 귓속에 한 문장이 울렸다. "세상에는 오직 쫓기는 자와 쫓는 자, 바쁜 자와 피곤한 자들뿐이에요."

"데이지의 삶에도 무언가 있어야 해요." 조던이 내게 중얼거렸다.

"데이지도 개츠비를 보고 싶어 하나요?"

"데이지는 이 일을 몰라야 돼요. 개츠비가 그렇게 하길 원해요. 그냥 당신이 차를 마시자고 데이지를 부르면 돼요."

어두운 나무들의 장벽을 지나자, 59번가 블록의 섬세하고 창백한 빛이 공원을 비추었다. 개츠비나 톰 뷰캐넌과 달리 나는 어두운 처마나 눈부신 간판 옆에 떠오르는 여자의 얼굴이 없었기에 두 팔에 힘을 주고 내 옆에 앉은 여자를 끌어당겼다. 그의 창백하고 경멸 어린 입에 미소가 떠올라서 나는 그를 다시 한번, 더 가까이, 이번에는 내 얼굴을 향해 끌어당겼다.

5장

그날 밤 웨스트에그에 돌아왔을 때 언뜻 내 집에 불이 났나 하고 놀랐다. 2시에 반도의 모퉁이 전체가 빛으로 타올라서 덤불 숲에 비현실적인 느낌을 안기고 길가 전선들이 가늘게 빛났다. 하지만 모퉁이를 돌자, 개츠비의 집이 꼭대기에서 지하실까지 불을 환히 밝히고 있어서라는 것을 깨달았다.

처음에는 또 파티를 하는 거라고, 떠들썩한 무리가 집 전체를 들쑤시고 다니며 '숨바꼭질'이나 '함께 숨기' 놀이를 한다고 생각했다. 하지만 아무 소리도 들리지 않았다. 들리는 소리라고는 나무 사이를 지나가며 전선을 흔들어서 집이 어둠 속에 윙크라도 하듯 불빛을 깜박거리게 만드는 바람 소리뿐이었다. 내가 타고 온 택시가 떠나갈 때 개츠비가 자기 집 잔디밭을 지나 나에게 걸어오는 모습이 보였다.

"집에서 만국박람회라도 여는 것 같군." 내가 말했다.

"그래?" 그가 건성으로 거기 눈길을 던졌다. "방들을 좀 살펴보고 있었어. 코니아일랜드에 가자, 친구. 내 차를 타고."

"너무 늦었어."

"그러면 수영장에라도 들어갈까? 여름내 한 번도 안 들어가봤는데."

"나는 자야 돼."

"알았어."

그는 들뜬 마음을 억누른 채 나를 바라보며 기다렸다.

"베이커 양과 이야기를 했어." 내가 잠시 후 말했다. "내일 데이지에게 전화해서 우리 집으로 차를 마시러 오라고 할게."

"그래, 좋아." 그가 심드렁하게 말했다. "자네에게 폐를 끼치고 싶지는 않아."

"어느 날이 좋겠어?"

"어느 날이 좋겠냐고?" 그가 얼른 되물었다. "자네한테 폐를 끼치고 싶지 않다니까?"

"모레는 어때?"

그가 잠시 생각해보더니 마지못한 듯이 말했다.

"여기 잔디를 깎고 싶어."

우리는 잔디를 바라보았다. 지저분한 우리 집 잔디와 잘 가꿔진 그의 집 짙푸른 잔디가 선명한 대조를 이루었다.

"사소한 것 하나가 더 있어." 그는 모호하게 말하고 망설였다.

"며칠 뒤로 미룰까?" 내가 물었다.

"아, 그런 게 아니야. 적어도……" 그는 뭐라고 말을 꺼내야 할지 몰라 쩔쩔맸다. "나는…… 그러니까, 저기, 친구, 자네는 수입이 많지 않지?"

"별로 많지는 않지."

그 말에 안심한 듯 그는 자신 있게 말을 이었다.

"그럴 거라 생각했어. 무례한 말일지 모르지만…… 저기, 내가 부업 비슷하게 하는 작은 사업이 있어. 자네 수입이 많지 않으면…… 채권을 판다고 했지, 친구?"

"팔려고 애쓰지."

"이 일에 관심을 가질 수도 있어. 시간을 많이 뺏기지 않고도 수입이 제법 짭짤할 거야. 그런데 약간 비밀스러운 일이야."

지금 생각하면, 만약 이 대화가 다른 상황에서 벌어졌다면 내 인생의 위기가 될 수도 있었을 것 같다. 하지만 그 제안은 너무도 명백하고도 요령 없이 그의 부탁의 대가임이 드러나서 나는 그 자리에서 거절하고 말았다.

"난 바빠서 여유가 없어." 내가 말했다. "고맙지만 다른 일을 할 수는 없어."

"울프샤임하고는 엮이지 않아도 돼." 그는 내가 점심 식사 때 나온 '연줄'이라는 말 때문에 피한다고 생각한 것 같지만, 나는 그건 아니라고 말했다. 그는 잠시 내가 말을 꺼내기를 기다렸지만, 나는 다른 일에 정신이 팔려서 거기 반응할 수 없었고 그는 어쩔 수 없이 집으로 돌아갔다.

그날 저녁의 일은 나를 어지러우면서도 행복하게 만들었고, 나는 현관에 들어서자마자 바로 잠에 빠졌던 것 같다. 그래서 나는 개츠비가 코니아일랜드에 갔는지, 또 그가 몇 시간 동안이나 집에 불을 환히 밝힌 채 '방들을 좀 살펴보았는지' 어쩐지 몰랐다. 그리고 다음 날 회사에서 데이지에게 전화를 걸어 우리 집으로 차를 마시러 오라고 했다.

"톰은 데리고 오지 마." 내가 주의를 주었다.

"뭐라고?"

"톰은 데리고 오지 말라고."

"'톰'이 누구야?" 데이지가 순진하게 물었다.

약속한 날에는 비가 쏟아졌다. 11시에 우비를 입은 남자가 잔디깎이를 끌고 와서 우리 집 현관을 두드리더니 개츠비 씨가 잔디를 깎으라고 자신을 보냈다고 말했다. 그 말을 듣자 나는 내가 깜박하고 핀란드인 가정부에게 돌아오라는 말을 하지 않았다는 걸 깨달았다. 그래서 웨스트에그 마을로 차를 몰고 가서 회칠을 한 젖은 골목 사이에서 가정부를 찾고, 찻잔과 레몬과 꽃도 샀다.

　꽃은 살 필요 없었다. 2시에 개츠비의 집에서 온실을 옮기는 듯 헤아릴 수 없이 많은 화분이 왔기 때문이다. 한 시간 뒤에 현관문이 불안하게 열리더니 개츠비가 흰색 플라넬 양복과 은색 셔츠, 금색 넥타이 차림으로 황급히 들어왔다. 얼굴은 창백하고, 잠을 못 자서 눈이 퀭했다.

　"아무 문제 없어?" 그가 바로 물었다.

　"잔디는 보기 좋네, 그걸 물은 거라면."

　"잔디라니?" 그가 멍하니 물었다. "아, 앞마당의 잔디." 그는 창밖의 잔디 쪽으로 눈길을 던졌지만, 표정을 보건대 눈에 아무것도 들어오지 않았다.

　"좋아 보이네." 그가 모호하게 말했다. "한 신문에 따르면 비는 4시쯤에 그친다는군. 《더 저널》이었던 것 같아. 차 마시는 데 필요한 건 다 있는 거야?"

　그를 팬트리로 데리고 가자, 그는 거기서 핀란드인 가정부를 약간 못마땅하게 바라보았다. 우리는 델리카트슨 가게에서 온 레몬 케이크 열두 개를 함께 살펴보았다.

　"이걸로 될까?" 내가 물었다.

　"물론이지! 아주 좋아!" 그러더니 그는 공허하게 덧붙였다. "……친구."

　비는 3시 30분쯤에 기세가 시들어 축축한 안개로 변해서, 이따금 가느다란 빗방울이 이슬처럼 떨어졌다. 개츠비는 멍한 눈으로 클레이의 『경제학』 책을 훑어보고, 핀란드인 가정부가 부엌 바닥을 울리며 걷는 소리에 놀라고, 때때로 바깥에서 보이지 않는 놀라운 일들이 벌어지고 있는 것처럼 침침한 창문 쪽을 바라보았다. 마침내 그는 일어나서 흔들리는 목소리로 집에 가겠다고 말했다.

"왜?"

"아무도 차를 마시러 오지 않잖아. 이제 늦었어!" 그는 급한 약속이라도 있는 듯이 손목시계를 보았다. "하루 종일 기다릴 수는 없어."

"바보 같은 소리. 이제 겨우 4시 2분 전이야."

그는 내가 눌러앉히기라도 한 듯 괴로운 표정으로 다시 앉았고, 그와 동시에 자동차 한 대가 우리 집 앞길로 오는 소리가 났다. 우리 둘 다 벌떡 일어났고, 나는 약간 피곤함을 느끼며 밖으로 나갔다.

물이 뚝뚝 떨어지는 헐벗은 라일락 나무들 아래로 커다란 오픈카가 주차장 진입로를 올라왔다. 차가 멈추더니 데이지가 연보라색 삼각 모자를 쓴 얼굴을 삐딱하게 기울이고 밝고 기쁨에 찬 미소로 나를 바라보았다.

"여기가 오빠가 사는 집 맞아?"

그 목소리에 담긴 활기찬 떨림이 빗속에서 낭랑하게 울

렸다. 그 소리의 오르내림을 귀를 통해 잠시 느낀 뒤에야 말이 내게 다다랐다. 젖은 머리카락 한 올이 데이지의 뺨에 파란 물감처럼 드리워져 있고, 내가 차에서 내려줄 때 그의 손은 빗방울에 젖어 반짝였다.

"오빠, 날 사모하는 거야?" 데이지가 내 귀에 대고 속삭였다. "왜 날 혼자 오라고 했어?"

"래크렌트성의 비밀(1800년에 출간된 마리아 에지워스의 역사소설 『래크렌트성』을 가리킨다—옮긴이) 같은 거야. 운전기사한테 멀리 가서 한 시간 있다가 오라고 해."

"한 시간 후에 와, 퍼디." 그런 뒤 엄숙한 목소리로 속삭였다. "이름이 퍼디야."

"휘발유 때문에 운전기사 코가 안 좋아졌나 봐?"

"아닐걸. 왜?" 데이지가 천진하게 말했다.

우리는 안으로 들어갔다. 그런데 놀랍게도 거실에는 아무도 없었다.

"뭐야, 이상한데?" 내가 소리쳤다.

"뭐가 이상해?"

현관문에 가볍고 점잖은 노크 소리가 들리자 데이지가 고개를 돌렸다. 내가 가서 문을 열었다. 시체처럼 창백한 얼굴에 두 손을 코트 주머니에 추처럼 찔러 넣은 개츠비가 물웅덩이 안에 서서 비극적인 표정으로 내 눈을 바라보고 있었다.

그는 계속 코트 주머니에 손을 찔러 넣은 채 내 옆을 성큼성큼 지나 현관 복도로 들어갔다가 안절부절못하며 빙글 돌아서서 거실로 사라졌다. 그 모습이 전혀 웃기지 않았다. 나는 심장이 쿵쿵 뛰는 것을 의식하면서 거세지는 비를 막기 위해 문을 닫았다.

30초 동안 아무 소리도 들리지 않았다. 그러더니 거실에서 숨이 막힌 듯한 속삭임과 짧은 웃음소리가 나더니 데이지의 또랑또랑하고 인위적인 말소리가 이어졌다.

"이렇게 다시 만나니 정말 기쁘네요."

잠시 침묵. 그 시간이 끔찍할 만큼 길게 느껴졌다. 나는 현관 복도에서 할 일이 없어서 거실로 들어갔다.

개츠비는 아직도 주머니에 손을 넣은 채 벽난로 선반에 기대서 아주 편안한 척, 심지어 지루한 척 거짓 표정을 짓고 있었다. 그는 고개를 뒤로 젖혀서 고장 난 벽난로 선반 시계에 대고 산란한 눈으로 데이지를 내려다보았다. 데이지는 당황한 가운데에도 우아한 태도로 뻣뻣한 의자 모서리에 앉아 있었다.

"우리 전에 만난 적 있지." 개츠비가 나직하게 말했다. 그는 잠시 내게 눈길을 돌렸고, 입술을 살짝 벌려 웃으려고 했지만 실패했다. 다행히 그 순간 시계가 그의 머리에 눌려 위험하게 기울어지자, 그는 돌아서서 떨리는 손으로 시계를 잡아 제자리에 돌려놓았다. 그런 뒤 뻣뻣하게 앉아서 한쪽 팔꿈치를 소파 팔걸이에 올리고 손으로 턱을 괴었다.

"시계를 건드려서 미안해." 그가 말했다.

이제 내 얼굴도 빨갛게 상기되었다. 나는 머릿속의 상투적인 말 천 마디 중에 단 한 가지도 꺼낼 수 없었다.

"낡은 시계야." 내가 바보처럼 말했다.

우리 둘 다 시계가 바닥에 떨어져 부서졌다고 언뜻 생각했던 것 같다.

"오랜만이에요." 데이지가 말했다. 목소리가 더없이 사무적이었다.

"올 11월이면 만 5년이 되지."

개츠비가 너무도 기계적으로 대답해서 모두 한동안 아무 말도 하지 못했다. 내가 부엌에 같이 가서 차 준비를 도와달라고 그들을 간신히 일으켜 세웠을 때, 망할 핀란드인 가정부가 쟁반에 차를 받쳐 들고 들어왔다.

찻잔과 케이크를 받느라 어수선한 가운데 모두 적당한 예의를 갖추고 자리를 잡았다. 개츠비는 그림자 속에 들어가서 긴장되고 불행한 눈으로 데이지와 내가 대화하는 모습을 신중하게 바라보았다. 하지만 조용히 있는 것이 목적이 아니었기에 나는 기회가 생기자마자 양해를 구하고 일어섰다.

"어디를 가는데?" 개츠비가 놀라서 물었다.

"금방 올게."

"가기 전에 할 말이 있어."

그는 나를 따라 허겁지겁 부엌으로 와서 문을 닫고 괴로운 목소리로 "오, 하느님!" 하고 속삭였다.

"왜 그래?"

"이건 엄청난 실수야." 그는 고개를 저으면서 말했다. "너무 끔찍한 실수야."

"그냥 당황해서 그런 거야." 그리고 다행히도 나는 이렇게 덧붙였다. "데이지도 당황했어."

"데이지도 당황했다고?" 그가 믿을 수 없다는 듯 말했다.

"자네만큼."

"그렇게 크게 말하지 마."

"꼭 어린애처럼 구는군." 짜증이 터져 나왔다. "거기다 무례하기까지 해. 데이지가 혼자 있잖아."

그는 손을 들어 내 말을 막고 잊을 수 없는 비난의 눈길을 던지더니 조심스레 문을 열고 거실로 돌아갔다.

나는 뒷길로 나갔다. 개츠비가 30분 전에 이 집을 불안하게 순회할 때처럼. 그리고 크고 검고 옹이 진 나무를 향해 달려갔다. 그 나무의 무성한 이파리들이 비를 막는 천 역할을 했다. 비는 다시 퍼부었고, 개츠비의 정원사가 다듬어준 울퉁불퉁한 잔디밭에는 작은 진흙 웅덩이와 선사시대의 늪이 넘쳐났다. 나무 밑에서는 개츠비의 대저택 말고는 보이는 게 없어서, 나는 교회 첨탑을 바라보는 칸트처럼 30분 동안 그 집을 바라보았다. '식민지 시대풍'이 유행하기 시작한 10년 전에 어느 양조업자가 그 집을 지었는데, 그 사람이 이웃 오두막 주인들에게 지붕을 초가지붕으로 바꾸면 5년 동안 세금을 다 내주겠다고 제안했다는 이야기가 있다. 아마도 사람들이 제안을 거절한 탓에 거기서 일가를 세우겠다는 양조업자의 계획도 시들었을 것이다. 그는 곧바로 몰락했다. 그의 자녀들은 상중을 알리는 검은 화환이 내려가기도 전에 집을 팔았다. 미국인들은 자발적으로 농노가 되기도 하지만, 한편으로는 늘 소작농으로 살고자 고집을 피우기도 한다.

30분 후에 해가 다시 났고, 식품점 자동차가 하인들의 저녁 식사 재료를 싣고 그 집 주차장 진입로로 들어갔다. 개츠비는 지금 음식 생각이 전혀 없을 것이다. 하인이 그의 집 2층 창문들을 하나둘 열면서 창문마다 잠깐씩 모습을 보이더니, 커다란 중앙 놀출장에서 봄을 내밀고 정원에 신중하게 침을 뱉었다. 이제 돌아가야 했다. 아까 비가 내릴 때는 빗소리가 두 사람의 속삭임처럼 감정의 분출에 따라 이따금 솟아오르고 부풀고 했다. 하지만 새로운 침묵 속에 집 안쪽에도 침묵이 내려앉은 것 같았다.

나는 안으로 들어가면서 스토브를 넘어뜨리는 것만 빼

고 부엌에서 낼 수 있는 모든 소리를 냈다. 하지만 그들은 아무 소리도 듣지 못한 것 같았다. 두 사람은 소파 양쪽 끝에 앉아서 누가 무슨 질문을 했거나 그 질문이 공중에 떠 있는 것처럼 서로를 바라보았고, 당황했던 흔적은 사라지고 없었다. 데이지는 얼굴이 눈물범벅이 돼 있었고, 내가 들어가자 벌떡 일어나서 거울 앞에서 손수건으로 눈물을 닦았다. 하지만 개츠비에게는 당혹스러운 변화가 있었다. 그는 말 그대로 빛을 냈다. 기쁨을 드러내는 말도 제스처도 없었지만, 그가 뿜어내는 새로운 행복이 작은 방을 가득 채웠다.

"아, 안녕, 친구." 그가 나를 몇 년 만에 보는 것처럼 말했다. 나는 순간 그가 악수를 하려고 하나 보다 생각했다.

"비가 그쳤어."

"그래?" 내 말을 듣고 방 안에 햇빛이 반짝이는 것을 알아차리자 그는 기상 예보관처럼, 귀환하는 빛의 후원자처럼 미소를 짓고 데이지에게 그 소식을 전했다. "어때? 비가 그쳤어."

"다행이야, 제이." 데이지의 목소리는 고통과 상심 어린 아름다움을 담은 채, 예기치 못한 기쁨만을 표현했다.

"자네하고 데이지가 우리 집에 함께 갔으면 하는데." 개츠비가 말했다. "데이지에게 우리 집을 보여주고 싶어."

"나도 같이?"

"당연하지, 친구."

데이지는 세수를 하러 위층에 올라갔고(나는 수건들의 상태가 부끄러웠지만 이미 늦었다), 개츠비와 나는 잔디밭에서 기다렸다.

"우리 집 보기 좋지?" 그가 물었다. "집 전면 전체가 빛을 받는 모습을 봐."

나는 집이 멋지다고 동의했다.

"그래." 그의 눈이 집의 모든 아치문과 사각 탑을 훑었다. "저 집을 살 돈을 버는 데 단 3년이 걸렸어."

"돈은 상속받은 것 아니었어?"

"그랬지, 친구." 그가 기계적으로 말했다. "하지만 난리통에, 그러니까 전쟁 통에 거의 다 잃었거든."

그는 자신이 무슨 말을 하는지도 모르는 것 같았다. 내가 무슨 사업을 하느냐고 묻자, "자네가 신경 쓸 일 아니야" 했다가 잠시 후 적절한 대답이 아니라는 것을 깨달았다.

"아, 몇 가지 일을 했어." 그가 정정했다. "약 관련 사업도 하고 석유 사업도 했어. 하지만 지금은 둘 다 하지 않아." 그는 나를 좀 더 주의 깊게 바라보았다. "내가 며칠 전에 제안한 걸 생각해보고 있다는 뜻인가?"

내가 뭐라고 대답할 겨를도 없이 데이지가 밖으로 나왔고, 드레스에 두 줄로 달린 놋쇠 단추가 햇빛에 반짝였다.

"저기 저 큰 집이야?" 데이지가 가리키며 소리쳤다.

"마음에 들어?"

"아주 좋아. 하지만 어떻게 저기서 혼자 사는 거지?"

"나는 밤낮없이 흥미로운 사람들을 집으로 부르거든. 흥미로운 일을 하는 사람들. 유명한 사람들을."

우리는 해변의 지름길로 가지 않고, 도로로 나가서 커다란 뒷문으로 들어갔다. 데이지는 매혹이 담긴 속삭임으로 하늘을 등지고 선 중세풍 실루엣의 이런저런 면모에 감탄하고, 정원에 가득한 수선화의 반짝이는 향기와 산사나무와 자두꽃의 진한 향기, 인동덩굴의 연한 황금빛 향기에 감탄했다. 그 대리석 현관 앞에 다다르는 동안, 문을 드나드는 화려한 드레스들도 보이지 않고 나무의 새소리를 빼면 아무 소리도 들리지 않아서 낯설었다.

집 안으로 들어가서 마리 앙투아네트 음악실과 왕정복고기 살롱을 거닐 때는, 마치 손님들이 우리가 지나갈 때까지 조용히 숨죽이고 있으라는 명령을 받고 소파와 테이블들 뒤에 숨어 있는 것만 같았다. 개츠비가 '머튼 칼리지 도서관'(옥스퍼드대학 머튼 칼리지에 있는 세계에서 가장 오래된 도서관 중 하나로 개츠비의 서재를 이곳에 빗댔다-옮긴이)의 문을 닫을 때, 올빼미 눈의 남자가 터뜨리는 으스스한 웃음소리가 들리는 것 같았다.

위층에 올라간 우리는 장밋빛과 연보라색 실크에 싸이

130

고 채 새로 가져다 놓은 싱싱한 꽃들로 장식된 식민지 시대
풍 침실들을 지나고, 드레스룸과 당구실, 욕실과 매립형 욕
조를 지나갔다. 중간에 어느 침실에서는 잠옷 차림의 헝클어
진 남자가 바닥에서 간 건강 증진 운동을 하고 있었다. '하숙
생' 클립스프링어 씨였다. 나는 그가 그날 아침 해변을 허기
진 듯 걷는 것을 보았다. 마침내 우리는 개츠비의 거처에 이
르렀다. 그곳은 침실과 욕실과 애덤식(18세기 건축가 애덤 형제의
양식-옮긴이) 서재로 이루어졌는데, 우리는 서재에 앉아서 개
츠비가 벽장에서 가져온 샤르트뢰즈 술을 마셨다.

그는 데이지에게서 한순간도 눈을 떼지 않았다. 아마 사
랑하는 데이지의 눈이 보이는 반응에 따라 자기 집의 모든
것을 재측정했던 것 같다. 또 가끔은 멍한 눈으로 자신의 소
유물들을 둘러보았다. 데이지의 놀라운 실재 속에서 이제 그
어떤 것도 현실성이 없다는 것 같았다. 한번은 계단에서 구
를 뻔하기도 했다.

그의 침실은 더없이 단순했다. 예외는 탁한 순금 화장
도구로 장식한 화장대뿐이었다. 데이지가 기쁜 표정으로 브
러시를 집어 들어 머리를 매만지자 개츠비는 자리에 앉아서
눈을 가리고 웃음을 터뜨렸다.

"정말 재미있군, 친구." 그가 즐거워하며 말했다. "나는
못 해…… 하려고 해도……."

그는 이제 두 단계를 확실히 지나서 3단계로 들어갔다. 당혹감을 지나고, 맹목적인 기쁨을 지난 뒤, 이제 데이지가 자기 옆에 있다는 경이로운 사실에 심취해 있었다. 그는 너무도 오랫동안 그 생각에 차 있었고, 그것을 끝까지 꿈꾸었고, 말하자면 상상할 수 없는 강도로 이를 악물고 기다렸다. 이제 그 반작용으로 그는 태엽을 지나치게 감은 시계처럼 풀리고 있었다.

그는 이내 정신을 차리고, 우리에게 양복과 실내 가운과 넥타이가 가득하고 셔츠가 열두 벌씩 벽돌처럼 쌓인 특허받은 커다란 캐비닛 두 개의 문을 열어 보였다.

"영국에서 옷을 사서 보내주는 사람이 있어. 봄가을로 계절이 바뀔 때마다 옷을 골라서 보내."

그는 셔츠 한 더미를 꺼내서 우리 앞에 하나씩 던졌다. 얇은 리넨과 두꺼운 실크와 섬세한 플란넬로 만든 셔츠들이 펼쳐지며 떨어져서 색색깔로 테이블을 덮었다. 우리가 감탄하는 동안 그는 셔츠를 더 꺼냈고, 부드럽고 풍성한 더미는 더 높이 쌓였다. 줄무늬, 소용돌이무늬, 격자무늬가 들어간 산호색, 연두색, 연보라색, 연주황색 셔츠들에 그의 이름이 남색 모노그램(이니셜을 도안화한 문양-옮긴이)으로 박혀 있었다. 갑자기 데이지가 긴장된 소리를 내며 셔츠 더미에 얼굴을 묻고 격렬한 울음을 터뜨렸다.

"너무 아름다운 셔츠들이야." 데이지는 셔츠의 두꺼운 주름에 대고 흐느꼈다. "이걸 보니까 슬퍼져. 전에는 이렇게…… 이렇게 아름다운 셔츠를 본 적이 없어서."

집을 구경한 뒤에 우리는 마당과 수영장, 활주정과 한여름의 꽃을 볼 예정이었다. 하지만 저택 창밖으로 다시 비가 내려서, 나란히 서서 해협의 물결치는 표면을 바라보았다.

"안개만 아니었다면 만 건너편 당신 집도 보였을 거야." 개츠비가 말했다. "당신 집은 항상 밤새도록 선착장 끝에 녹색 불을 켜두더군."

데이지는 불쑥 그의 팔짱을 꼈지만, 그는 온 정신이 방금 한 말에 쏠려 있는 것 같았다. 아마도 그 불빛이 지녔던 엄청난 의미가 이제 영원히 사라졌다는 생각이 들었는지도 모른다. 그를 데이지와 갈라놓았던 엄청난 거리와 비교하면, 그 빛은 거의 데이지에게 손을 대는 듯이 가까워 보였다. 마치 어느 별과 달만큼이나. 이제 그것은 다시 평범한 선착장의 녹색 불빛이 되었다. 매혹의 물체가 하나 줄어들었다.

나는 방 안을 서성거리면서 어스름한 빛 속에서 무언지 모를 다양한 물건들을 살펴보았다. 책상 위쪽 벽에 걸린 요트복 차림 노인의 큼직한 사진이 눈길을 끌었다.

"이분은 누구야?"

"그분? 댄 코디 씨야, 친구."

그 이름은 어딘가 익숙했다.

"지금은 돌아가셨어. 여러 해 전에 나와 아주 가까운 사이였는데."

책상 위에는 역시 요트복을 입은 개츠비의 작은 사진이 있었다. 그는 고개를 반항적으로 뒤로 젖히고 있었는데, 열여덟 살 정도 되어 보였다.

"멋져!" 데이지가 소리쳤다. "퐁파두르 스타일(앞머리를 높이 올리는 헤어스타일-옮긴이)! 당신이 퐁파두르 스타일을 했었다는 이야기는 하지 않았잖아. 요트가 있었다는 이야기도."

"이걸 봐." 개츠비가 얼른 말했다. "여기 신문 스크랩이 많아. 당신에 대한 거야."

그들은 나란히 서서 그것을 살펴보았다. 내가 루비를 보러 가자고 말하려고 할 때 전화가 울렸고, 개츠비가 수화기를 집어 들었다.

"네…… 아, 지금은 말할 수 없어…… 지금은 말 못 해, 친구…… 소도시라고 했잖아…… 그 사람도 소도시가 뭔지는 알걸…… 디트로이트가 소도시라고 생각한다면 그 사람은 아무짝에도 쓸데없어……."

그는 전화를 끊었다.

"얼른 이리 와봐!" 데이지가 창가에서 소리쳤다.

비는 아직도 내렸지만, 서쪽에서 어둠이 갈라지면서 바다 위에 거품 같은 구름이 분홍색과 황금색으로 넘실거렸다.

"저걸 봐." 데이지가 속삭이더니 잠시 후에 말했다. "저 분홍 구름 하나를 가져다가 당신을 태우고 여기저기 밀고 다니고 싶어."

나는 그만 집에 가려고 했지만 그들이 허락하지 않았다. 아마 내가 곁에 있는 것이 그들에게 더욱 만족스럽게 단둘이 있는 느낌을 안겨준 것 같다.

"뭘 해야 될지 알겠어." 개츠비가 말했다. "클립스프링어를 불러서 피아노 연주를 시키는 거야."

그는 "유잉!" 하고 소리치며 방을 나갔다가, 잠시 후에 당황하고 피곤한 얼굴의 젊은이를 데리고 돌아왔다. 그는 뿔테 안경을 썼고, 금발 머리는 숱이 적었으며, 이제는 점잖게 목 단추가 열린 '스포츠 셔츠'와 모호한 색조의 두꺼운 면바지를 입고 운동화를 신은 차림이었다.

"우리가 운동을 방해했나요?" 데이지가 예의 바르게 물었다.

"자고 있었어요." 클립스프링어 씨가 당황해서 소리쳤다. "그러니까 잠을 잤지만 이제 일어……."

"클립스프링어는 피아노를 쳐." 개츠비가 그의 말을 자르며 말했다. "그렇지, 유잉?"

"잘은 못 쳐요. 저는…… 연주도 거의 안 해요. 연습도 거
의……."

"1층으로 내려갑시다." 개츠비가 말을 막았다. 그가 스
위치를 올리자 집이 빛으로 가득 차고 어둑어둑한 창문들은
사라졌다.

음악실에서 개츠비는 피아노 옆에 있는 등 하나를 켰다.
그리고 떨리는 성냥으로 데이지에게 담뱃불을 붙여주고, 둘
이 함께 멀찍한 구석에 놓인 소파에 앉았다. 그곳은 복도 불
빛을 반사하는 바닥만 빼면 빛이 전혀 없었다.

클립스프링어는 〈사랑의 둥지〉를 연주하고 벤치에 앉
은 채로 고개를 돌려 처량한 얼굴로 어둠 속에서 개츠비를
찾았다.

"보시다시피 연습을 안 했어요. 연주를 못한다고 말씀드
렸잖아요. 연습을 전혀……."

"말이 너무 많은데, 친구. 그냥 연주해." 개츠비가 명령
했다.

아침에도,

저녁에도,

우리는 즐겁지 않은가……

바깥에는 바람 소리가 요란했고, 해협에서는 천둥소리가 희미하게 들렸다. 웨스트에그는 이제 모든 집이 불을 켜고 있었다. 사람들을 실은 전철은 비를 뚫고 뉴욕에서 집으로 달려갔다. 지금은 인간이 심오하게 변하고, 공중에 흥분이 이는 시간이었다.

다른 건 몰라도 한 가지는 확실해
부자는 더 부자가 되고, 가난뱅이는 애들만 늘지.
그러는 동안,
그러는 동안……

내가 작별 인사를 하러 갔더니 개츠비의 얼굴에 다시 어리둥절한 표정이 떠올라 있었다. 현재 느끼는 행복감이 얼마나 진정한 것인지 희미한 의구심이 든 것 같았다. 5년 가까운 세월! 그날 오후에조차 데이지가 그의 꿈에 못 미칠 때가 있었을 테지만 그것은 데이지의 잘못이 아니라 그의 환상이 너무도 서대하고 강력했기 때문이다. 그것은 데이지를 초월하고, 모든 것을 초월했다. 그는 창조적인 열정으로 거기 뛰어들어서 계속 그것을 키우고, 자기 앞에 떠도는 아름다운 깃털을 모두 붙잡아서 그것을 장식했다. 어떠한 불길도 신선함도 한 남자가 자신의 창백한 심장 안에 쌓아두는 것에 도전

할 수 없다.

가만 바라보니, 그가 다소 적응하는 모습이 보였다. 그는 데이지의 손을 잡았고, 데이지가 그에게 나직이 귓속말을 하자 북받치는 감정으로 데이지를 돌아보았다. 그를 가장 강렬하게 붙든 것은 데이지의 물결치는 열띤 목소리였던 것 같다. 그것은 아무리 꿈꾸어도 부족하지 않은 불멸의 노래였기 때문이다.

그들은 한동안 내 존재를 잊고 있었는데, 데이지가 문득 나를 보고 손을 내밀었다. 개츠비는 이제 나를 아예 몰랐다. 나는 다시 한번 그들을 보았고, 그들은 삶의 강렬함에 사로잡혀 막연히 나를 바라보았다. 그런 뒤 나는 그들을 남겨둔 채 방을 나갔고, 대리석 계단을 내려가 빗속으로 들어갔다.

6장

이 무렵 어느 날 아침, 뉴욕의 야심 찬 젊은 기자 한 명이 개
츠비의 집에 찾아와서 그에게 할 말이 있느냐고 물었다.

"뭐에 대해서 말입니까?" 개츠비가 정중하게 물었다.

"그냥 아무 말씀이나요."

혼란스러운 5분이 지난 뒤 기자가 모종의 일과 관련해
서 신문사에서 개츠비의 이름을 들었다는 것이 드러났는데,
그 모종의 일이 무엇인지는 그가 밝히려 하지 않거나 아니면
그 자신도 제대로 이해하지 못하는 모양이었다. 쉬는 날이었
는데도 기자는 그것을 '확인하려고' 기특한 자발성을 발휘해
서 서둘러 온 것이다.

어림짐작으로 한 난사였지만 기자의 직감이 맞았다. 개
츠비의 파티에 참석해서 그의 과거에 대해 권위자가 된 수백
명을 통해서 그의 악명은 여름 내내 계속 커졌고 이제 뉴스

에 등장하기 일보 직전이 되었다. '캐나다로 가는 지하 파이프라인' 같은 당시의 소문이 개츠비와 연결되었고, 그가 집에 살지 않고 집처럼 생긴 보트에 살면서 롱아일랜드 해변을 비밀리에 오르내린다는 이야기가 끈질기게 떠돌았다. 이런 헛소문들이 왜 노스다코타주의 제임스 개츠를 만족시켰는지는 알 수 없다.

제임스 개츠. 그것이 그의 본명, 어쨌건 적어도 그의 법적 이름이었다. 그가 이름을 바꾼 것은 열일곱 살 때, 그의 경력이 시작된 특정한 순간, 바로 댄 코디가 슈피리어 호수의 가장 위험한 모래톱에 요트의 닻을 내린 순간이었다. 그날 오후 찢어진 녹색 셔츠와 범포 바지를 입고 호숫가를 빈둥거리던 사람은 제임스 개츠였지만, 보트를 빌려 타고 '투올로미호號'에 가서 댄 코디에게 앞으로 30분이면 바람이 거세져서 요트를 박살 낼지 모른다고 알려준 사람은 이미 제이 개츠비였다.

그는 그때도 이미 오래전부터 그 이름을 준비했던 것 같다. 그의 부모님은 무능하고 가난한 시골 농부였고, 그의 상상력은 그들을 온전히 부모님으로 받아들이지 않았다. 그러니까 롱아일랜드주 웨스트에그의 제이 개츠비는 자신에 대한 이상적인 관념에서 솟아 나온 인물이다. 그는 신의 아들이었다. 이것은 말 그대로의 의미였고, 그는 아버지 신의 일,

거대하고 통속적이고 번지르르한 아름다움에 봉사해야 했다. 그래서 열일곱 살 소년이 고안할 만한 제이 개츠비라는 인물을 만들어냈고, 그 이상에 끝까지 충실했다.

그는 그때 1년도 넘게 슈피리어 남쪽 호숫가에서 대합도 채취하고 연어도 잡으며 숙식을 해결할 수 있는 일이라면 닥치는 대로 하고 있었다. 단단해져가는 갈색 몸은 그 활력 넘치던 시절, 맹렬한 일과 게으른 일을 자연스럽게 넘나들면서 살았다. 그는 일찌감치 여자를 알았는데, 여자들이 그를 망쳤기에 그들을 경멸했다. 젊은 처녀들은 무지해서였고, 그렇지 않은 여자들은 그가 지독한 자아도취 속에서 당연하게 여긴 일들에 히스테리컬하게 반응해서였다.

하지만 그의 심장 속에서는 혼란스러운 폭풍이 그치지 않았다. 기괴하고 환상적인 이미지들이 잠자리의 그를 괴롭혔다. 시계가 세면대에서 똑딱거리고 달이 바닥에 널브러진 옷가지를 축축한 빛으로 적시는 동안, 그의 머릿속에는 이루 말할 수 없이 현란한 우주가 끝없이 펼쳐졌다. 그는 매일 밤 졸음이 어떤 생생한 장면을 망각의 포옹으로 덮을 때까지 그런 환상의 패턴을 살찌워나갔다. 한동안 이런 몽상은 상상력의 분출구가 되었다. 그것은 현실의 비현실성에 대한 흡족한 암시이자, 세상의 반석이 요정의 날개 위에 튼튼히 세워진다는 약속이었다.

미래의 영광에 대한 본능으로 그는 몇 달 전에 미네소타주 남부의 작은 루터교 대학인 세인트올라프 대학에 갔다. 하지만 거기서 2주일을 지내면서 그곳이 자신의 운명의 북소리에, 운명 자체에 완전히 무심한 데 절망했고, 학비를 대기 위해 하던 경비 일을 경멸했다. 그는 슈피리어 호수로 도로 밀려갔고, 다시 할 일을 찾던 어느 날 댄 코디의 요트가 호숫가 얕은 곳에 닻을 내렸던 것이다.

코디는 그때 쉰 살로, 네바다주 은광, 유콘강, 1875년 이후 모든 광산 러시가 만든 인물이었다. 그에게 막대한 부를 안겨준 몬태나주 구리 사업 이후 그는 육체는 강건하지만 정신은 나약해졌다. 그리고 그것을 눈치챈 무수한 여자들이 그에게서 돈을 빼내려고 했다. 여기자 엘라 케이가 그의 약점을 틀어쥐고 맹트농 부인(프랑스 국왕 루이 14세의 두 번째 부인-옮긴이) 역할을 해서 그를 요트에 태워 바다로 보낸 일의 아름답지 않은 온갖 결과는 1902년 황색 언론계의 흔한 먹거리였다. 그는 5년 동안 요트를 타고 온화한 해안을 다니다가 리틀 걸만에서 제임스 개츠의 운명이 되어 나타났다.

노에 기대 쉬면서 난간을 두른 갑판을 바라보던 젊은 개츠에게 요트는 세상의 모든 아름다움과 화려함을 상징했다. 아마 그는 코디에게 미소를 지었을 것이다. 어쩌면 자신이 미소를 지으면 사람들이 좋아한다는 것을 알았을 것이다. 어쨌건 코디는 그에게 몇 가지 질문을 했고(그중 한 질문에 개츠비는 새로운 이름으로 대답했다), 그가 영리하고 야심만만하다는 것을 알게 되었다. 며칠 뒤 코디는 젊은이를 딜루스로 데리고 가서 청색 코트 한 벌과 두꺼운 흰색 면바지 여섯 벌과 요트 모자를 사주었다. 투올로미오호가 서인도제도와 바르바리 해안을 향해 떠날 때 개츠비도 함께 떠났다.

그는 애매한 개인 자격으로 고용되었다. 코디와 함께 있을 때는 집사, 항해사, 선장, 비서, 심지어 간수 역할도 했다. 멀쩡한 정신일 때 댄 코디는 술 취한 댄 코디가 어떤 분별없는 짓을 저지를지 알았기에, 돌발 사고에 대비해서 개츠비에게 갈수록 더 많이 의지했기 때문이다. 그 관계는 5년간 이어졌고, 그동안 보트는 대륙을 세 차례 일주했다. 그 계약은 무한히 이어질 수도 있었지만, 어느 날 밤 엘라 케이가 보스턴에서 배에 오르고 일주일 후에 댄 코디가 쓸쓸하게 죽었다.

나는 개츠비의 침실에 걸려 있던 댄 코디의 사진을 기억한다. 반백 머리에 붉은 혈색, 단단하고 무표정한 얼굴이었다. 미국 역사의 한 시기에 개척지 매춘업소와 술집의 폭력성을 동부 해안에 다시 들여온 선구적 방탕아였다. 개츠비가 술을 삼가는 것은 간접적으로 코디 때문이었다. 떠들썩한 파티 중에 여자들은 때로 그의 머리에 샴페인을 쏟기도 했다. 하지만 그는 술을 건드리지 않는 습관을 키웠다.

그리고 그는 코디에게서 돈을 물려받았다. 유산 2만 5000달러였다. 하지만 그 돈을 받지는 못했다. 개츠비는 자신에게 불리하게 작동한 법적 장치를 이해하지 못했지만, 남아 있던 수백만 달러는 그대로 엘라 케이에게 갔다. 개츠비가 받은 것은 특이하지만 결국 적절했던 교육뿐인 셈이었다. 제이 개츠비의 막연한 윤곽이 속을 채워서 한 남자의 구체적인 형태가 되었다.

그는 이 모든 이야기를 나에게 한참 후에 해주었지만, 지금 여기에 쓰는 것은 그의 과거에 대해 난무한 처음 소문들을 없애기 위해서다. 그 소문들에는 눈곱만큼의 진실도 없었다. 더욱이 그가 이 이야기를 내게 해준 때는 내가 그를 믿을지 말지 혼란을 느끼던 시기였다. 그래서 나는 말하자면 개츠비가 숨을 고르던 짧은 휴식기를 이용해서 이런 일련의 오해를 없애려고 하는 것이다.

그 시기는 그와 나의 관계도 휴식을 취하고 있었다. 나는 몇 주 동안 그를 보지도 않고 통화도 하지 않았다. 나는 주로 뉴욕에서 조던과 함께 다니거나 조던의 연로한 고모에게 환심을 사려고 애썼다. 하지만 어느 일요일 오후가 되자 나는 마침내 그의 집에 갔다. 그런데 내가 간 지 2분도 지나지 않아 누군가 술을 마시자고 톰 뷰캐넌을 거기 데려왔다. 나는 당연히 깜짝 놀랐지만, 정말로 놀라운 것은 그때까지 그런 일이 한 번도 없었다는 것이다.

세 명으로 된 일행은 말을 타고 왔다. 톰과 슬론이라는 남자와 전에 거기 온 적 있는 갈색 승마복 차림의 예쁜 여자였다.

"만나서 반갑습니다. 찾아주셔서 감사합니다." 개츠비가 포치에 서서 말했다.

그들이 신경이라도 쓰는 것처럼!

"앉으세요. 담배나 시가를 태우시지요." 그가 종을 울리며 방을 빠르게 돌아다녔다. "금세 마실 것을 가져오겠습니다."

그는 톰이 왔다는 사실에 감정이 크게 요동쳤다. 어쨌건 그들에게 무언가 내주기 전에는 불안을 떨칠 수 없을 것 같았다. 그들이 온 이유가 오직 술 때문이라는 것을 막연히 느꼈기 때문이다. 슬론 씨는 아무것도 원하지 않았다. 레모네이드는? 아뇨, 괜찮습니다. 샴페인은? 괜찮습니다…… 죄송합니다…….

"승마는 잘하셨나요?"

"여기는 길이 참 좋네요."

"아마 자동차들이……."

"그렇습니다."

개츠비는 충동을 참지 못하고, 모르는 사람으로 소개받은 톰에게 돌아섰다.

"우리는 초면이 아닌 것 같습니다, 뷰캐넌 씨."

"아, 네." 톰이 대충 예의를 갖추어 말했지만, 기억하지 못하는 것이 분명했다. "그랬죠. 기억납니다."

"2주일가량 전에요."

"맞습니다. 여기 닉하고 같이 계셨죠."

"저는 뷰캐넌 씨 아내를 압니다." 개츠비가 거의 공격하듯이 말을 이었다.

"그래요?"

톰이 나를 돌아보았다.

"닉, 이 근처에 살지?"

"바로 옆집이야."

"그래?"

슬론 씨는 대화에 끼어들지 않고 거만하게 의자에 기대 누웠다. 여자도 아무 말 없었지만, 하이볼 두 잔이 들어가자 의외로 다정해졌다.

"개츠비 씨의 다음번 파티에 우리 모두 올게요. 어떻게 생각하세요?" 여자가 말했다.

"좋지요. 오시면 기쁠 겁니다."

"고맙습니다." 슬론 씨가 감사한 기색 없이 말했다. "자,

이제 집으로 가야 될 것 같네요."

"서두르지 마세요." 개츠비가 부탁했다. 그는 이제 자제력을 찾았고 톰을 좀 더 보고 싶어 했다. "저녁까지 하고 가시죠. 뉴욕에서 다른 손님들도 올지 모릅니다."

"우리 집에 가서 저녁을 해요. 두 분 다요." 여자가 열렬하게 말했다.

그것은 나를 포함하는 말이었다. 슬론 씨가 일어섰다.

"갑시다." 그것은 여자에게만 하는 말이었다.

"빈말 아니에요." 여자가 말했다. "두 분을 초대하고 싶어요. 자리 많아요."

개츠비는 내게 질문을 담은 눈길을 던졌다. 거기 가고 싶은 기색이었고, 슬론 씨가 그것을 원하지 않는다는 것을 알아차리지 못했다.

"저는 안 될 것 같습니다." 내가 말했다.

"그러면 당신이라도 오세요." 여자가 개츠비를 돌아보며 말했다.

슬론 씨가 여자의 귀에 대고 뭐라고 말했다.

"지금 출발하면 늦지 않아요." 여자는 뜻을 꺾지 않았다.

"저는 말이 없습니다." 개츠비가 말했다. "군에서는 말을 탔지만 말을 사지는 않았습니다. 자동차로 여러분을 따라가겠습니다. 금방 돌아오겠습니다."

남은 사람들은 포치로 걸어 나갔고, 슬론과 여자는 둘이서 열띤 대화를 나누었다.

"세상에, 저 남자가 정말로 따라오려나 봐." 톰이 말했다. "진심으로 한 말이 아니라는 걸 모르는 건가?"

"여자분이 자꾸 같이 가자고 하잖아."

"오늘 밤 그 집에서 큰 디너파티가 있는데 저 사람은 거기 아는 사람 한 명 없을 거야." 톰이 인상을 썼다. "저자가 대체 어디서 데이지를 만난 거야? 내가 구식인지는 모르겠지만 요즘 여자들이 여기저기 쏘다니는 건 마음에 들지 않아. 별 이상한 인간들을 다 만난다니까."

슬론 씨와 여자가 갑자기 현관 계단을 내려와서 각자 말에 탔다.

"갑시다." 슬론 씨가 톰에게 말했다. "늦었어. 가야 돼." 그런 뒤 나에게 말했다. "기다릴 수 없었다고 전해주십시오."

톰과 나는 악수를 했고, 다른 사람들은 냉랭하게 목례를 했다. 그들이 8월의 잎새들 아래로 빠르게 사라지자, 개츠비가 모자와 코트를 들고 현관을 나왔다.

톰은 데이지가 혼자 돌아다니는 데 기분이 상한 게 분명했다. 다음 토요일 밤에 데이지를 데리고 개츠비의 파티에 왔기 때문이다. 그의 존재가 파티에 특이한 압박감을 주었던 것 같다. 내 기억 속에서 그 파티는 그 여름 개츠비가 열었던 파티들 중에 단연 두드러진다. 똑같은 사람들, 적어도 똑같은 종류의 사람들이 있었고, 똑같은 샴페인이 넘쳐나고, 색채도 음조도 다채로운 똑같은 소동이 벌어졌지만, 어떤 불쾌감이 공중을 떠돌고 전에 없던 꺼끌꺼끌함이 흘러넘쳤다. 아니면 그저 내가 거기 익숙해져 있어서 그런 건지도 몰랐다. 그동안은 웨스트에그를 나름의 기준과 나름의 유명인이 있는 그 자체로 완결된 세계로, 특별히 의식하지 않기에 어디에도 뒤지지 않는 세계로 받아들이다가 이제 그것을 데이지의 눈으로 다시 보기 때문인지도 몰랐다. 애써 적응한 것을 새로운 눈으로 바라보는 일은 불가피하게 슬픔을 안겨준다.

그들은 황혼 녘에 도착했고, 반짝이는 수백 명 사이를 함께 거니는 동안 데이지의 목소리는 목구멍에서 소곤소곤 장난을 쳤다.

"나는 이런 데서는 너무 기분이 들떠." 데이지가 속삭였다. "닉, 오늘 저녁에 나한테 입을 맞추고 싶으면 말만 해. 기쁘게 응할 테니. 내 이름을 말하든가 녹색 카드를 내. 내가 녹색 카드를……"

"사람들을 잘 보세요." 개츠비가 말했다.

"보고 있어. 나는 아주 즐겁게……"

"이름이 알려진 사람들이 얼마나 많이 왔는지 보십시

오."

톰이 오만한 눈으로 사람들을 훑었다.

"우리는 별로 돌아다니지 않아요." 톰이 말했다. "사실 나는 여기 아는 사람이 한 명도 없는 것 같습니다."

"저 여자분은 아시겠죠." 개츠비가 가리킨 곳에는 사람이라기보다 난초처럼 보이는 화사한 여자가 하얀 자두나무 아래 위엄 있게 앉아 있었다. 톰과 데이지는 지금까지 유령이나 마찬가지였던 유명 영화배우를 알아보는 독특한 비현실감 속에 그 여자를 바라보았다.

"아름답네." 데이지가 말했다.

"저 여자분에게 허리를 굽히고 있는 사람은 감독입니다."

개츠비는 격식을 갖추고 그들을 이 그룹 저 그룹에게 인사시켰다.

"뷰캐넌 부인과…… 뷰캐넌 씨입니다……." 그리고 잠시 망설이고 덧붙였다. "뷰캐넌 씨는 폴로 선수죠."

"아니, 아닙니다." 톰이 얼른 부인했다.

하지만 그 말은 개츠비를 기쁘게 한 것 같았다. 그날 저녁 내내 톰은 '폴로 선수'로 소개되었기 때문이다.

"유명인을 이렇게 많이 본 적이 없어!" 데이지가 소리쳤다. "나 저 남자 좋아했어. 저 사람 이름이 뭐지? 코에 푸른

기가 도는 사람."

개츠비가 그가 누군지 알려주고, 소규모 영화 제작자라고 덧붙였다.

"어쨌건 저 사람 좋아했어."

"이제 폴로 선수라는 말씀 그만했으면 좋겠습니다." 톰이 유쾌하게 말했다. "그보다는 그냥 망각 속에서 이 유명인들을 보고 싶습니다."

데이지와 개츠비는 춤을 추었다. 그의 우아하고 보수적인 폭스트롯을 보고 놀란 것이 기억난다. 나는 그전까지 그가 춤을 추는 것을 본 적이 없었다. 그런 뒤 그들은 우리 집으로 걸어가서 현관 계단에 30분 동안 앉아 있었고, 나는 데이지의 부탁에 따라 정원에서 망을 보았다. "불이 나거나 홍수가 질지 모르니까." 데이지가 말했다. "아니면 신의 어떤 손길이 내려올지도."

우리가 저녁 식탁에 함께 앉을 때 톰이 망각 상태를 빠져나와서 나타났다. "내가 저쪽 사람들하고 같이 식사를 해도 괜찮을까?" 그가 물었다. "한 친구가 아주 재미있는 일을 벌이고 있어서."

"좋아." 데이지가 다정하게 대답했다. "사람들에게 주소를 알려주고 싶으면 여기 내 금색 연필을 써……." 데이지는 잠시 후 주변을 둘러보고 그 여자가 "품위 없지만 예쁘다"고 말했고, 나는 데이지가 개츠비와 단둘이 있던 그 30분을 빼놓고는 파티가 즐겁지 않았다는 걸 알았다.

우리가 앉은 테이블은 사람들이 유난히 취해 있었다. 그것은 내 잘못이었다. 개츠비는 전화를 받으러 갔고, 나는 겨우 2주일 전에 바로 이 사람들과 파티를 즐겼다. 하지만 그때는 즐거웠던 것들이 이제는 구질구질해졌다.

"괜찮아요, 베데커 양?"

질문을 받은 여자는 내 어깨에 쓰러지려고 했지만 성공하지 못했다. 그러고는 질문에 허리를 세우고 앉아서 눈을 떴다.

"네에?"

데이지에게 내일 지역 클럽에서 함께 골프를 치자고 조르던 덩치 크고 둔한 여자가 베데커 양을 옹호했다.

"저 애는 이제 괜찮아요. 칵테일을 대여섯 잔 마시면 언제나 그렇게 소리를 지르죠. 제가 늘 술에 손을 대지 말라고 하는데도요."

"손 안 대요." 비난을 받은 여자가 공허하게 말했다.

"우리는 네가 소리 지르는 걸 들었어. 그래서 내가 여기 시빗 박사님께 말했지. '선생님 도움이 필요한 사람이 있네요.'"

"저 애는 아주 고마워할 거야." 다른 친구가 감사한 기색

없이 말했다. "하지만 선생님이 저 애 머리를 수영장에 넣어서 옷이 다 젖었어요."

"나는 수영장에 머리 처박히는 거 정말 싫어." 베데커 양이 웅얼거렸다. "뉴저지주에서는 그러다 죽을 뻔했어."

"그러니까 술에 손대지 말아요." 시빗 박사가 꾸짖었다.

"박사님이나 잘하세요!" 베데커 양이 격렬하게 소리쳤다. "박사님은 손을 떨잖아요. 나는 박사님한테는 수술받지 않을 거예요."

그런 식이었다. 내가 기억하는 거의 마지막 장면은 데이지와 나란히 서서 영화감독과 그 유명 배우를 바라본 일이다. 그들은 아직도 흰 자두나무 아래 있고, 두 사람의 얼굴 사이에 가로놓인 것은 창백하고 가느다란 달빛뿐이었다. 나는 문득 그가 저녁 내내 그 여자에게 천천히 몸을 굽혀서 그 거리에 이르렀다는 생각이 들었는데, 내가 바라보는 동안에도 그는 몸을 조금씩 더 굽혀서 여자의 뺨에 키스했다.

"난 저 여자 좋아. 사랑스러워 보여." 데이지가 말했다.

하지만 나머지는 데이지의 마음에 들지 않았다. 논란의 여지가 없었다. 제스처가 아니라 감정이 문제였기 때문이다. 데이지는 웨스트에그에 기겁했다. 브로드웨이가 롱아일랜드 어촌에 만들어놓은 이 전례 없는 '장소'에, 낡은 완곡어법 아래서 안달하는 거친 활기에, 지름길을 따라 무에서 무로 주민들을 몰고 가는 강압적인 운명에 기겁했다. 데이지는 이해할 수 없는 그 단순함 속에서 섬뜩한 것을 보았다.

그들이 자동차를 기다릴 때 나는 그들과 함께 현관 계단에 앉아 있었다. 현관 앞은 어두웠다. 환한 문이 부드러운 새벽 어둠 속으로 1제곱미터가량 되는 빛을 쏘아 보낼 뿐이었다. 때로 위층 드레싱룸 블라인드 안쪽에서 그림자 하나가 움직이다가 다른 그림자에게 자리를 비켜주곤 했다. 그 희미한 그림자들의 행렬은 보이지 않는 거울 앞에서 입술을 칠하고 분을 발랐다.

"이 개츠비란 자는 대체 누구야? 대형 밀주업자야?" 톰이 불쑥 물었다.

"어디서 그런 말을 들었어?" 내가 물었다.

"들은 게 아니라 그냥 상상한 거야. 요즘 신흥 졸부들은 대형 밀주업자가 많잖아."(미국은 1920년대에 술의 제조와 판매를 금지하는 금주법을 시행했는데, 그 결과 밀주가 성행하고 갱단이 활개 치게 되었다-옮긴이)

"개츠비는 아니야." 내가 잘라 말했다.

그는 잠시 말이 없었다. 주차장 진입로 자갈이 그의 발밑에서 시끄럽게 밟혔다.

"어쨌건 그자가 이런 요란한 무리를 모으려고 엄청 애를 쓴 건 분명해."

산들바람이 데이지가 두른 모피 목도리에 회색 아지랑이를 일으켰다.

"어쨌건 이 사람들은 우리가 아는 사람들보다 재미있어." 데이지가 애써 말했다.

"당신은 그렇게 재미있어 보이지 않았어."

"아냐, 재미있었어."

톰이 웃더니 나를 보았다.

"아까 그 여자가 데이지한테 찬물 샤워 시켜달라고 했을 때 데이지 표정 봤어?"

데이지는 음악에 맞추어 허스키하고 리드미컬한 속삭임으로 노래를 시작했고, 가사 한 구절 한 구절에서 전에도 없었고 앞으로도 없을 의미를 끌어냈다. 멜로디가 높아질 때그의 목소리는 콘트랄토 가수처럼 달콤하게 갈라졌고, 이런변화가 일 때마다 공중에 그의 따뜻하고 인간적인 마법이 흘러들었다.

"초대받지 않은 사람도 많이 와." 데이시가 불쑥 말했다. "그 여자도 초내받지 않고 온 거야. 그냥 막무가내로 들어오지만, 개츠비가 예의 바른 사람이라서 막지 않는 거야."

"난 그자가 누구고 무슨 일을 하는지 알고 싶어." 톰이 계속 말했다. "반드시 알아내겠어."

"내가 지금 당장 말해줄 수 있어." 데이지가 말했다. "개츠비는 대형 약국들을 갖고 있어, 아주 많이. 직접 차린 것들이야."

리무진이 꾸물거리며 주차장 진입로를 올라왔다.

"안녕, 오빠." 데이지가 말했다.

데이지의 눈길은 나를 떠나서 불이 켜진 현관 계단을 살폈다. 열린 문으로 그해에 인기를 끈 깔끔하고 슬픈 왈츠곡 〈새벽 3시〉가 흘러나왔다. 격식을 차리지 않는 개츠비의 파티에는 데이지의 세계에는 없는 낭만적 가능성들이 있었다. 저 노래에 담긴 무엇이 데이지를 다시 안으로 부르는 것 같은 걸까? 이제 어둡고 가늠할 수 없는 시간들에 무슨 일이 벌어질까? 어쩌면 어떤 믿을 수 없는 손님이 올지도 모른다. 아주 보기 드물고 경탄할 만한 사람, 진정한 빛을 발하는 처녀, 개츠비와 눈길이 한번 마주치면, 한순간의 마술로 지난 5년 동안의 끈질긴 순정도 깨끗이 날려버릴 사람이.

나는 그날 밤늦게까지 거기 남아 있었다. 개츠비가 자신이 풀려날 때까지 기다려달라고 했고, 나는 그곳에 항상 있는 수영 손님들이 시원하고 유쾌하게 어두운 해변에서 올라올 때까지, 그리고 머리 위 손님방들에서 불빛이 꺼질 때까지 정원을 어정거렸다. 마침내 개츠비가 현관 계단을 내려왔을 때, 볕에 탄 그의 얼굴은 유난히 팽팽하고 두 눈은 밝고 피로해 보였다.

"데이지는 별로 좋아하지 않았어." 그가 바로 말했다.

"아니, 좋아했어."

"안 좋아했어. 재미있게 놀지 못했어." 그는 굽히지 않았다.

그는 침묵에 잠겼고, 나는 그의 말할 수 없는 실망감을 짐작했다.

"우리 둘의 거리가 너무 먼 것 같아" 그가 말했다. "데이지를 이해시키기가 힘들어."

"춤 말하는 거야?"

"춤?" 그는 손가락을 튕겨서 자신이 춘 모든 춤의 의미를 날려버렸다. "친구, 춤은 중요하지 않아."

그가 원하는 것은 오직 하나, 데이지가 톰에게 가서 "나는 당신을 사랑한 적 없어" 하고 말하는 것이었다. 데이지가 그 말로 4년이라는 세월을 지워버리면, 그들은 앞으로 취할 현실적인 조치들에 대해 결정할 수 있을 깃이다. 그 가운데 하나는 데이지가 사유를 얻은 뒤 둘이 함께 루이빌로 돌아가서 데이지의 집에서 결혼하는 것이었다. 시간을 5년 전으로 돌린 것처럼.

"데이지는 이해 못 해." 그가 말했다. "전에는 이해했어. 우리는 몇 시간이나 함께 앉아서……."

그는 말을 잇지 못하고, 과일 껍질과 버려진 작은 선물과 으스러진 꽃이 가득한 쓸쓸한 길을 서성거렸다.

"나라면 데이지한테 너무 많은 걸 요구하지 않을 거야." 내가 끼어들었다. "과거를 되돌릴 수는 없어."

"과거를 되돌릴 수 없어?" 그가 말도 안 된다는 듯이 소리쳤다. "무슨 소리, 당연히 되돌릴 수 있어!"

그는 과거가 여기 그의 집 그늘, 그의 손끝 살짝 너미에 숨어 있기라도 한 것처럼 주변을 맹렬하게 둘러보았다.

"나는 모든 걸 예전으로 돌려놓을 거야." 그가 단호하게 고개를 끄덕이며 말했다. "데이지도 알게 될 거야."

그는 과거에 대해 많은 이야기를 했고, 나는 그가 회복하려는 것이 데이지를 사랑하게 된 자신에 대한 어떤 관념일지 모른다는 생각이 들었다. 그 이후로 그의 인생은 혼란과 무질서에 빠졌지만, 그가 특정 출발점으로 돌아가서 모든 것을 천천히 살펴볼 수 있다면 그게 무언지 발견할 수 있을 것이다…….

……5년 전 어느 가을밤, 그들은 낙엽이 떨어지는 거리를 걷다가 어느새 나무도 없고 달빛에 인도가 하얗게 빛나는 장소에 이르렀다. 그들은 거기 멈추어서 서로를 바라보았다. 계절이 바뀌는 데 따르는 신비로운 흥분이 깃든 서늘한 밤이었다. 집집의 불빛이 조용히 어둠을 밝히고 별들도 부스럭거

렸다. 개츠비의 눈초리에는 인도에 블록들이 정말로 사다리를 이루어서 나무 위 비밀 장소로 올라가는 것이 보였다. 혼자서 올라간다면 그는 거기 올라갈 수 있고, 거기 이르러 생명의 과육을 빨아 먹고 비길 데 없는 경이의 젖을 삼킬 수 있었다.

데이지의 하얀 얼굴이 그의 얼굴로 다가올 때 그의 심장은 점점 더 빨리 뛰었다. 그는 데이지에게 키스하면, 그래서 자신의 말할 수 없는 꿈을 데이지의 필멸의 숨결에 영원히 결합시키면, 그의 정신이 다시는 신의 정신처럼 질주하지 않으리라는 것을 알았다. 그래서 그는 별에 부딪친 소리굽쇠 소리를 조금 더 들으며 기다렸다. 그리고 데이지에게 키스했다. 그의 입술이 닿자 데이지는 그를 위해 꽃처럼 피어나서, 꿈의 완전한 화신이 되었다.

이 모든 이야기, 이 어이없을 만큼 신파적인 이야기를 들으니 무언가가 떠올랐다. 오래전에 어디선가 듣고 놓쳐버린 리듬, 잃어버린 말의 조각 같은 것이었다. 한순간 어떤 문장이 내 입에서 형태를 갖추려고 했고, 내 입술은 농아처럼 벌어졌다. 한 줄기 놀란 숨결 이상의 것이 거기서 씨름하는 것 같았다. 하지만 입술에서는 아무 소리도 나오지 않았고, 내 기억에 떠오를 뻔했던 것은 영원히 전달할 수 없게 되었다.

7장

개츠비에 대한 호기심이 절정에 이른 것은 어느 토요일 밤, 그의 집에 불이 켜지지 않으면서부터였다. 그리고 시작할 때처럼 조용히, 트리말키오(로마 시대의 노예 출신 졸부–옮긴이)로서의 그의 경력도 끝났다.

자동차들이 기대를 품고 그의 집에 들어서서 잠시 머물다가 실망 속에 떠난다는 것을 내가 알게 된 것은 시간이 조금 지나서였다. 나는 그가 아픈가 싶어 알아보러 갔다. 험악하게 생긴 낯선 집사가 문 앞에서 의심스러운 표정으로 나를 곁눈질했다.

"개츠비 씨가 어디 아픈가요?"

"아뇨." 잠시 뒤 그는 부루퉁하게 덧붙였다. "그렇지 않습니다."

"요새 모습을 본 적이 없어서 걱정이 되는군요. 캐러웨이 씨가 왔다고 전해주십시오."

"누구요?" 그가 무례하게 물었다.

"캐러웨이요."

"캐러웨이. 알겠습니다. 말씀드리죠."

그리고 그는 문을 쾅 닫았다.

핀란드인 가정부는 나에게 개츠비가 일주일 전에 하인들을 전부 해고하고 새로 대여섯 명을 고용했는데, 그들은 상인들에게 매수되지 않도록 웨스트에그 마을에 가지 않고 전화로 많지 않은 물품을 주문한다고 알려주었다. 식품점 소년은 부엌이 돼지우리 같다고 했고, 마을 사람들 중론에 따르면 새로 온 사람들은 하인이 아니었다.

다음 날 개츠비가 나에게 전화를 했다.

"떠나는 거야?" 내가 물었다.

"아냐, 친구."

"하인을 전부 해고했다고 들었어."

"입방아를 찧지 않을 사람들이 필요했어. 데이지가 자주 오거든…… 오후에."

그러니까 데이지 눈에 못마땅하다는 이유로 대저택 전체가 종이 집처럼 무너진 것이다.

"그 사람들은 울프샤임이 도와주고 싶어 했던 사람들이야. 모두 형제자매 같아. 작은 호텔을 운영한 적도 있어."

"알겠어."

그는 데이지의 요청에 따라 내게 전화했다고 말했다. 내일 데이지네 집에 가서 함께 점심을 하지 않겠는가? 베이커 양도 올 것이다. 30분 후에는 데이지가 직접 전화했고, 내가 간다고 하자 마음이 놓인 것 같았다. 무슨 일인가 있었다. 하지만 그들이 그런 자리를 골라서 소동을 벌일 것 같지는 않았다…… 특히 개츠비가 정원에서 살짝 이야기했던 그런 당혹스러운 소동은.

다음 날은 해가 지글지글 끓었다. 여름 끝자락이 가까웠지만 그래도 가장 더운 날이 분명했다. 내가 탄 기차가 터널에서 햇빛 속으로 나갈 때, 정오의 이글거리는 침묵을 깨는 것은 내셔널 비스킷 회사의 뜨거운 호각 소리뿐이었다. 객차의 밀짚 좌석들은 금세라도 불이 붙을 것 같았다. 내 옆자리 여자는 한동안 흰색 블라우스에 얌전히 땀을 쏟다가, 들고 있던 신문이 손에서 난 땀으로 젖자, 쓸쓸한 외침을 내지르며 절망적으로 깊은 열기 속에 빠져들었다. 여자의 지갑이 바닥에 떨어졌다.

"아, 이런!" 여자가 숨을 헐떡였다.

내가 느릿느릿 허리를 굽히고 지갑을 주워서 건넸다. 지갑 가장자리를 살짝 잡고 팔을 쭉 뻗어서 어떤 흑심도 없음을 보여주었다. 하지만 여자를 포함해 주변 사람들은 어쨌건 나를 의심했다.

"너무 덥군요!" 차장이 익숙한 얼굴들에게 말했다. "대단한 날씨예요! ……더워! ……너무 더워! 승객 여러분은 어떠신가요?"

내 정기 승차권은 그의 손에서 검은 얼룩을 묻히고 돌아왔다. 하지만 이 더위 속에서는 그가 누구의 붉은 입술에 키스를 하든, 누구의 머리가 그의 파자마 셔츠 가슴 주머니를 적시든 신경 쓸 사람이 없었다!

……개츠비와 내가 뷰캐넌의 집 문 앞에서 기다리는데, 안쪽 홀에서 희미한 바람이 전화벨 소리를 싣고 불어왔다.

"주인님 시신요?" 집사가 수화기에 대고 소리쳤다. "죄송합니다, 사모님. 하지만 지금은 못 하겠습니다. 오늘 낮은 너무 더워서 거기 손을 댈 수 없어요!"

하지만 그가 정말로 한 말은 "네…… 네…… 알아보겠습니다"였다.

그는 수화기를 내려놓고 땀을 번들거리며 우리에게 다가와서 뻣뻣한 밀짚모자를 받아 들었다.

"사모님이 응접실에서 기다리십니다!" 그가 소리치고, 필요 없이 방향을 가리켜 보였다. 이 더위 속에서는 필요 없는 동작 하나도 모두의 생명력에 대한 모욕이 되었다.

응접실은 차일로 그늘을 드리워서 어둡고 서늘했다. 데

이지와 조던은 거대한 소파에 은으로 만든 조각상처럼 앉아서, 노래하는 선풍기 바람에 흰 드레스가 날리지 않도록 옷자락을 누르고 있었다.

"꼼짝 못 하겠어." 그들이 함께 말했다.

파우더를 바른 조던의 구릿빛 손이 잠시 내 손에 머물렀다.

"운동선수 토머스 뷰캐넌 씨는?" 내가 물었다.

그와 동시에 그가 복도에서 거칠고 갈라진 목소리로 전화하는 소리가 들렸다.

개츠비는 진홍색 카펫 한복판에 서서 흥미로운 눈으로 주변을 살펴보았다. 데이지는 그를 보고 특유의 달콤하고 짜릿한 웃음을 웃었다. 데이지의 가슴에서 작은 분가루가 공중으로 살짝 솟아올랐다.

"소문에 따르면 지금 전화하는 상대가 톰의 여자래요." 조던이 속삭였다.

우리는 침묵을 지켰다. 복도의 목소리는 짜증 속에 올라갔다. "그럼 좋아, 당신한테 차를 팔지 않겠어…… 나는 당신한테 아무 의무도 없어요…… 그 일로 점심시간에 나를 괴롭히는 건 못 참아!"

"수화기를 내리고 저러는 거야." 데이지가 냉소적으로 말했다.

"아냐, 진짜 저런 거래가 있어." 내가 말했다. "우연히 알게 됐어."

톰이 문을 홀렁 열고 큰 덩치로 문 앞을 잠깐 가로막고 있다가 안으로 급히 들어왔다.

"개츠비 씨!" 그가 혐오감을 숨기고, 넓적한 손을 내밀었다. "만나서 반갑습니다…… 닉도…….'"

"찬 음료를 만들어줘." 데이지가 소리쳤다.

톰이 다시 방을 나가자 데이지는 일어나서 개츠비에게 가더니 그의 얼굴을 끌어 내려서 입에 키스했다.

"내가 당신 사랑하는 거 알지?" 데이지가 속삭였다.

"여기 숙녀가 있는 거 잊은 거야?" 조던이 말했다.

데이지가 의심을 담은 눈으로 돌아보았다.

"너도 닉에게 키스해."

"언니, 너무 저속해!"

"상관 안 해!" 데이지가 소리치고 벽돌로 만든 벽난로 앞에서 춤을 추었다. 그러다가 더위를 의식하고 죄지은 표정으로 소파에 앉았는데, 그때 깨끗한 옷차림의 유모가 어린 소녀를 방 안으로 데리고 들어왔다.

"우리 예쁜 아기." 데이지가 두 팔을 뻗고 속삭였다. "사랑하는 엄마에게 오렴."

아이는 유모 손을 떠나서 소파로 달려오더니 엄마의 드

레스에 수줍게 몸을 묻었다.

"우리 예쁜 아기! 엄마가 네 노란 머리에 분을 묻혔네. 이제 일어나서 '안녕하세요' 해."

개츠비와 나는 차례로 허리를 굽혀서 아이의 머뭇거리는 작은 손을 잡았다. 개츠비는 그런 뒤에도 계속 놀란 표정으로 아이를 보았다. 아마 그 전에는 아이의 존재를 정말로 믿지 않았던 것 같다.

"점심 식사 전인데 옷을 갈아입었어요." 아이가 데이지에게 초롱초롱한 눈길을 돌리며 말했다.

"엄마가 널 자랑하고 싶거든." 데이지는 아이의 희고 가는 목에 난 주름 하나에 얼굴을 묻었다. "꿈같은 내 딸. 넌 정말로 꿈만 같아."

"네, 조던 이모도 하얀 옷을 입었네요." 아이가 차분하게 말했다.

"엄마 친구분들 어떠니?" 데이지가 아이를 돌려서 개츠비 앞에 세웠다. "멋있는 분들 같니?"

"아빠는 어디 계세요?"

"이 애는 아빠를 안 닮고 날 닮았어." 데이지가 말했다. "머리카락도 그렇고 얼굴형도."

데이지는 소파에 몸을 기댔다. 유모가 걸어와서 손을 내밀었다.

"이리 온, 패미."

"잘 가렴, 우리 아기!"

아이는 아쉬운 듯 뒤를 돌아보았지만 엄격하게 교육받은 아이답게 유모 손을 잡고 밖으로 나갔고, 그와 동시에 톰이 얼음이 짤그랑거리는 진리키(진, 탄산수, 라임 주스를 섞은 음료-옮긴이) 네 잔을 앞세우고 들어왔다.

개츠비가 자신의 잔을 받았다.

"시원해 보이네요." 그가 긴장이 확연한 얼굴로 말했다.

우리는 음료를 길게 꿀꺽꿀꺽 들이켰다.

"어디서 읽었는데 해마다 태양이 더 뜨거워진다는군요." 톰이 온화하게 말했다. "이러다가 지구가 곧 태양 속으로 떨어질 것 같아요. 아니 잠깐, 그 반대야. 태양은 해마다 식어가고 있어요."

그리고 개츠비에게 말했다. "밖으로 나갑시다. 우리 집을 보여드리고 싶습니다."

나는 그들과 함께 베란다로 나섰다. 더위 속에 정체된 녹색 해협에서는 작은 돛단배 하나가 좀 더 신선한 바다를 향해 꾸물꾸물 나아갔다. 개츠비는 잠시 그 배를 바라보다가 손을 들어 만 건너편을 가리켰다.

"제 집은 이 집 바로 맞은편입니다."

"그렇군요."

우리는 눈을 들어 장미 화단과 뜨거운 잔디밭을 보고, 또 해안가에 가득 돋은 무더위 속 잡초들을 보았다. 돛단배의 하얀 날개가 서늘하고 파란 하늘 앞에 움직였다. 그 앞에는 부채꼴 바다가 펼쳐지고 축복의 섬들이 가득했다.

"괜찮은 스포츠예요." 톰이 고개를 끄덕이며 말했다. "한 시간 동안 저 사람과 함께 저기 나가고 싶군요."

우리는 역시 더위를 쫓으려고 어둡게 해놓은 식당에서 점심을 먹고 차가운 에일로 불안한 명랑함을 삼켰다.

"우리 오늘 오후에는 뭐 해?" 데이지가 소리쳤다. "그리고 내일은? 또 앞으로 30년 동안은?"

"투정 부릴 거 없어." 조던이 말했다. "가을이 돼서 날이 서늘해지면 인생은 다시 시작해."

"하지만 너무 더워." 데이지가 울음을 터뜨릴 듯 말했다. "그리고 모든 게 너무 혼란스러워. 모두 시내에 가요!"

데이지의 목소리는 더위를 뚫고 더위와 부딪치며 그 무의미함에 형태를 부여했다.

"마구간을 차고로 고치는 이야기는 나도 들었습니다." 톰이 개츠비에게 말했다. "하지만 차고를 마구간으로 바꾼 사람은 내가 처음입니다."

"아무도 시내에 안 가?" 데이지가 포기하지 않고 말했다. 개츠비의 눈길이 데이지에게 흘러가자 데이지가 소리쳤다. "아, 당신은 참 멋져."

두 눈이 마주쳤고, 그들은 시공간 속에 단둘이 있는 듯 서로를 바라보았다. 데이지는 애써 시선을 테이블 아래로 내렸다.

"당신은 언제나 멋져." 데이지가 다시 말했다.

그것은 데이지가 개츠비를 사랑한다는 말이었고, 톰 뷰캐넌도 그것을 알았다. 그는 깜짝 놀라서 입을 살짝 벌린 채 개츠비를 보다가 이어 오래전에 알던 사람을 새삼 알아본 듯한 눈길로 데이지를 보았다.

"그 광고의 남자랑 닮았어." 데이지는 순진하게 말을 이었다. "광고에 나오는 그 남자……."

"좋아." 톰이 재빨리 끼어들었다. "나도 시내에 가고 싶어. 모두 시내에 갑시다."

톰이 일어섰다. 그의 눈길은 여전히 개츠비와 아내 사이를 오갔다. 누구도 움직이지 않았다.

"왜들 그래!" 톰의 분노가 고개를 들었다. "시내에 갈 거면 당장 출발해야지."

그는 자제력을 발휘하려고 떨리는 손으로 에일 잔을 들어 마지막 남은 몇 모금을 입술에 댔다. 그런 뒤 우리는 데이지의 권유에 따라 일어나서 자갈이 이글거리는 진입로로 나갔다.

"그냥 가는 거야?" 데이지가 이의를 제기했다. "이렇게? 담배 피울 사람은 먼저 담배 한 대 할 시간을 주어야 하지 않아?"

"점심 식사 때 모두 담배를 피웠어."

"좀 재밌게 삽시다." 데이지가 부탁했다. "빡빡하게 굴기엔 너무 덥잖아."

톰은 대답하지 않았다.

"당신 마음대로 해. 가자, 조던." 데이지가 말했다.

그들은 출발 준비를 위해 위층에 올라가고, 세 남자는 뜨거운 돌멩이를 발로 툭툭 차며 서 있었다. 서쪽 하늘에는 벌써 은색 초승달이 떠올라 있었다. 개츠비가 무슨 말을 하려다가 말았지만, 톰은 이미 몸을 돌려 물음을 담은 눈길로 그를 보았다.

"마구간을 여기 두십니까?" 개츠비가 힘겹게 물었다.

"400미터 정도 떨어져 있습니다."

"아."

침묵.

"왜 시내에 가자는 건지 모르겠습니다." 톰이 갑자기 사납게 말했다. "여자들은 머릿속에 이런 이상한……."

"마실 걸 가져갈까?" 데이지가 위층 창문에서 소리쳤다.

"내가 위스키를 가져가지." 톰이 대답하고 안으로 들어

170

갔다.

개츠비가 경직된 태도로 나를 돌아보았다.

"이 집에서는 아무 말도 못 하겠어, 친구."

"데이지 목소리가 신중하지 않아." 내가 말했다. "목소리에⋯⋯."

나는 망설였다.

"목소리에 돈이 가득해." 그가 불쑥 말했다.

그게 맞았다. 전에는 미처 몰랐다. 거기에는 돈이 가득했다. 그 안에서 오르내리는 끝없는 매력이 바로 그것이었다. 그 짤랑거림, 거기 담긴 심벌즈의 노래⋯⋯ 하얀 궁전 높은 곳에 있는 왕녀, 황금 처녀⋯⋯.

톰이 집에서 1쿼트짜리 병을 수건에 싸서 나오고, 데이지와 조던은 금속성 직물로 만든 작고 꼭 끼는 모자를 쓰고 팔에 가벼운 망토를 걸치고 뒤따라 나왔다.

"모두 내 차로 갈까요?" 개츠비가 말했다. 그는 뜨거운 녹색 가죽 좌석을 만졌다. "그늘에 두었어야 했는데."

"표준 변속기어인가요?" 톰이 물었다.

"그렇습니다."

"그러면 당신이 내 쿠페를 타세요. 내가 당신 차로 가겠습니다."

그 제안은 개츠비의 마음에 들지 않았다.

"기름이 얼마 없는 것 같네요." 그가 반대했다.

"기름 충분해요." 톰이 떠들썩하게 말하고 연료 게이지를 보았다. "그리고 기름이 떨어지면 약국에 가면 돼요. 요즘은 약국에서 별걸 다 파니까."

이런 맥락 없는 발언에 잠시 침묵이 이어졌다. 데이지는 인상을 쓴 채 톰을 보았고, 개츠비의 얼굴에는 어떤 알 수 없는 표정, 분명히 낯설지만 동시에 모호하게 인식 가능한 표정(마치 내가 직접 본 게 아니라 말로 설명을 듣기만 한 것 같은)이 지나갔다.

"자, 데이지." 톰이 데이지를 개츠비의 차로 밀고 가면서 말했다. "당신을 이 서커스 수레에 태워 가겠어."

그가 문을 열었지만, 데이지는 그의 팔을 풀었다.

"당신은 닉이랑 조던이랑 같이 가. 우리는 쿠페로 따라갈게."

데이지는 개츠비에게 가서 그의 코트에 손을 얹었다. 조던과 톰과 나는 개츠비 차 앞좌석에 앉았다. 톰이 낯선 기어를 조심스레 밀자, 우리는 두 사람을 시야에서 떨구며 폭염 속으로 달려 나갔다.

"봤어?" 톰이 물었다.

"뭘?"

그는 나를 예리하게 보다가 조던과 내가 처음부터 알았

172

다는 것을 깨달았다.

"내가 바본 줄 알아?" 그가 말했다. "그럴지도 모르지만 나한테도 때로 할 일을 알려주는 투시력 같은 게 있어. 아마 두 사람은 안 믿겠지만, 과학은……."

그는 말을 멈추었다. 돌발 사태가 그를 이론의 낭떠러지에서 뒤로 잡아당겼다.

"내가 이 친구를 좀 조사해보았어." 그가 말을 이었다. "이럴 줄 알았다면 더 깊이 들어가볼걸……."

"점쟁이한테 갔다 왔어요?" 조던이 농담했다.

"뭐? 점쟁이?" 그가 어리둥절한 얼굴로 우리를 보았고 우리는 웃었다.

"개츠비 일로."

"개츠비 일로! 아니, 안 그랬어. 그냥 그자의 과거를 좀 조사해본 거야."

"그러면 그 사람이 옥스퍼드 출신인 것도 알겠네요." 조던이 거들며 말했다.

"옥스퍼드 출신이라고!" 그는 비웃었다. "말도 안 돼! 그 자는 분홍색 정장을 입잖아."

"어쨌건 옥스퍼드 출신은 맞아요."

"뉴멕시코주 옥스퍼드거나 그 비슷한 거겠지." 톰이 경멸스럽게 콧방귀를 뀌었다.

"톰. 그렇게 사람을 무시할 거면 왜 점심 식사에 부른 건 가요?" 조던이 화가 나서 물었다.

"데이지가 불렀어. 결혼하기 전부터 그자를 알았다는데 어디서 알았는지 알 게 뭐야?"

이제 에일의 취기가 차츰 사라져서 우리는 모두 짜증이 피어올랐고, 그것을 알기에 한동안 침묵 속에 달렸다. 그때 도로변에 T. J. 에클버그 박사의 색 바랜 눈이 떠올랐다. 나는 기름이 부족하다던 개츠비의 말이 생각났다.

"시내에 갈 만큼은 돼." 톰이 말했다.

"하지만 저기 바로 정비소가 있어요." 조던이 반대했다. "이 더위에 길에서 발이 묶이고 싶지는 않아요."

톰은 신경질적으로 브레이크 두 개를 모두 밟았고, 우리는 먼지 속에 윌슨의 간판 아래 급히 멈추어 섰다. 잠시 후 가게 주인이 안쪽에서 나와서 멍한 눈으로 자동차를 보았다.

"기름 좀 넣읍시다!" 톰이 거칠게 소리쳤다. "우리가 왜 여기 섰겠어? 경치를 구경하러?"

"내가 아파요. 하루 종일 앓았어요." 윌슨이 꼼짝하지 않고 말했다.

"무슨 일입니까?"

"기력이 쇠했어요."

"내가 직접 넣을까요?" 톰이 물었다. "전화 목소리는 멀쩡하더니만."

윌슨은 문설주 그늘을 힘겹게 벗어나 숨을 거칠게 쉬면서 연료 탱크 뚜껑을 열었다. 햇빛 속에 얼굴이 파리했다.

"점심 식사를 방해할 생각은 아니었어요." 그가 말했다. "하지만 돈이 급히 필요했고, 뷰캐넌 씨가 낡은 차를 어떻게 할지 궁금했어요."

"이 차는 어때요? 지난주에 산 건데." 톰이 말했다.

"노란색 차네요. 예쁜데요." 윌슨이 손잡이에 힘을 주며 말했다.

"이걸 살 생각은?"

"기회는 좋지만 다른 차가 돈이 될 거예요." 윌슨이 희미한 미소를 지었다.

"갑자기 돈이 필요한 이유가 뭐요?"

"여기 너무 오래 살아서 떠날 생각이에요. 아내도 나도 서부로 가길 원해요."

"아내가 떠나고 싶어 한다고!" 톰이 놀라서 소리쳤다.

"머틀은 10년 전부터 그 이야기를 했어요." 그는 펌프에 기대어 잠시 쉬면서 눈에 손차양을 쳤다. "지금은 좋아도 싫어도 갈 거예요. 내가 데리고 갈 거니까."

그때 쿠페가 먼지를 일으키며 지나갔고 누군가 손을 흔들었다.

"얼마요?" 톰이 거칠게 물었다.

"이틀 전에 재미난 사실을 알게 됐어요." 윌슨이 말했다. "그래서 떠나려는 거고, 그래서 뷰캐넌 씨에게 차에 대해 귀찮게 군 겁니다."

"얼마냐고?"

"1달러 20센트입니다."

나는 더위로 정신이 혼란스럽고 잠시 마음이 괴로웠지만, 윌슨이 톰을 의심하는 건 아니라는 것을 깨달았다. 그는 머틀이 다른 세계에 자신과 무관한 삶이 있다는 걸 알고, 그 충격에 병이 난 것이다. 나는 그를 보고 이어 톰을 보았다. 톰 역시 겨우 한 시간쯤 전에 비슷한 사실을 발견했다. 그리고 나는 사람 사이에 지성이나 인종의 차이보다는 병자와 건강한 사람의 차이가 훨씬 크다는 생각이 들었다. 윌슨은 병색이 너무 깊어서 마치 죄지은 사람, 용서받을 수 없는 죄를 지은 사람 같았다. 어떤 불쌍한 여자를 임신시키기라도 한 것처럼.

"당신에게 그 차를 주겠어. 내일 오후에 보낼게요." 톰이 말했다.

그 지역은 환한 대낮에도 항상 어딘가 불안했고, 이제 나는 뒤에 뭐가 있다고 경고를 받은 것처럼 고개를 돌렸다. 잿더미 위로 T. J. 에클버그 박사의 거대한 눈이 떠올라 있었지만, 잠시 후 나는 6미터도 안 되는 곳에서 다른 눈이 우리를 강력하게 응시하고 있다는 걸 알게 되었다.

정비소 창문 한 곳의 커튼이 살짝 걷혀 있고, 머틀 윌슨이 자동차를 내려다보고 있었다. 머틀은 너무 골똘해서 누가 자기를 본다는 것도 의식하지 못했고, 천천히 인화되는 사진처럼 여러 감정이 얼굴에 떠올랐다. 그 표정이 이상하게 낯익었다. 나는 여자들의 그런 표정을 자주 보았지만, 머틀 윌슨의 그 표정은 의미를 이해할 수 없었는데, 그러다가 질투로 험악해진 그 눈이 톰이 아니라 조던 베이커에게 꽂혀 있다는 것을 깨달았다. 머틀은 조던을 톰의 아내로 본 것이다.

단순한 정신의 혼란에 비할 만한 혼란은 없다. 정비소를 떠날 때 톰은 뜨거운 공황감이라는 회초리를 맞고 있었다. 한 시간 전까지 안전하고 무탈하던 아내와 애인이 돌연 그의 손아귀를 빠져나가고 있었다. 그는 데이지를 따라잡고 윌슨 곁을 떠나려는 이중의 의도로 본능적으로 액셀러레이터를 밟았다. 우리는 시속 80킬로미터로 애스토리아를 향해 달려서, 고가 철도의 거미 다리 같은 구조물 사이로 여유롭게 달리는 파란색 쿠페를 보았다.

"50번가 일대 대형 영화관들은 아주 좋아요." 조던이 말했다. "나는 사람들이 다 떠난 여름날 오후의 뉴욕이 좋아요.

아주 관능적이에요. 농익은 느낌, 온갖 신기한 과일이 우리 손에 떨어지려고 하는 느낌이에요."

'관능적'이라는 말에 톰은 더욱 불안해졌지만, 그가 뭐라고 항변할 겨를도 없이 쿠페가 멈춰 서더니 데이지가 우리도 차를 세우라고 신호했다.

"어디로 가는 거야?" 데이지가 소리쳤다.

"영화관은 어때?"

"너무 더워." 데이지가 반대했다. "당신들은 거기 가. 우리는 드라이브를 하다가 나중에 만날게." 그러더니 슬며시 재치를 부렸다. "어느 모퉁이에서 만나. 담배 두 개비를 한꺼번에 피우는 남자가 나야."

"여기서 그런 걸로 옥신각신할 수 없어." 트럭 한 대가 뒤에서 욕하듯 경적을 울리자 톰이 화를 내며 말했다. "나를 따라 센트럴파크 남쪽으로 와. 플라자 호텔 앞으로."

그는 몇 번이나 고개를 돌려 그들의 차를 확인했고, 그들이 교통에 막혀 지체되면 다시 시야에 들어올 때까지 속도를 늦추었다. 두 사람이 옆길로 새서 그의 인생에서 영원히 사라질까 봐 겁을 먹은 것 같았다.

하지만 그들은 그러지 않았다. 그리고 우리는 플라자 호텔 스위트룸 응접실을 빌리는 그다지 설명할 수 없는 선택을 했다.

우리가 결국 그 방으로 가기까지 주절주절 떠들썩하게 주고받은 내용은 기억나지 않지만, 그러는 동안 내 속옷이 축축한 뱀처럼 다리를 기어 올라온 것과 땀방울이 간헐적으로 등을 서늘하게 흘러 내려간 것은 생생하게 기억한다. 욕실 다섯 개를 구해서 찬물로 목욕을 하자는 데이지의 제안이 그 논의를 촉발시켰고, 그런 뒤 '민트 음료를 마실 만한 곳'으로 가자는 좀 더 구체적인 아이디어가 나왔다. 우리는 모두 '말도 안 되는 생각'이라고 거듭 말했다. 우리 모두 동시에 말해서 직원을 당황시켰고, 그러면서 우리가 아주 재미있게 군다고 생각하거나 그렇게 생각하는 척했다…….

방은 크고 답답했고, 이미 4시지만 창문을 열어도 공원에서 더운 덤불 바람만 들어왔다. 데이지는 우리를 등지고 거울 앞에 서서 머리를 매만졌다.

"스위트룸 끝내주네요." 조던이 감탄스레 속삭이자 모두 웃었다.

"창문을 하나 더 열어." 데이지가 고개도 돌리지 않고 말했다.

"창문이 하나뿐이야."

"전화해서 도끼를 달라고……."

"더위를 잊어야 해." 톰이 짜증스럽게 말했다. "당신이 자꾸 더위 타령을 해서 열 배는 더 힘들어."

179

그는 수건에 싸 온 위스키병을 테이블에 풀어놓았다.

"왜 데이지한테 뭐라 그러죠, 친구?" 개츠비가 말했다. "시내에 나오자고 한 건 당신이에요."

잠시 침묵이 흘렀다. 전화번호부가 못에서 미끄러져서 바닥에 떨어지자 조던이 "죄송합니다" 하고 속삭였지만 이번에는 아무도 웃지 않았다.

"내가 주울게요." 내가 말했다.

"내가 이미 주웠어." 개츠비가 끊어진 줄을 살피고 흥미롭다는 듯 "흠!" 하더니 책을 의자에 던졌다.

"그 말버릇 한번 훌륭하군요." 톰이 날카롭게 말했다.

"뭐가요?"

"'친구' 운운하는 것 말입니다. 어디서 그런 말투를 배웠습니까?"

"이봐, 톰." 데이지가 거울에서 돌아서면서 말했다. "당신이 인신공격을 하겠다면 나는 바로 여기서 나갈 거야. 전화해서 박하 음료에 넣을 얼음을 가져오라고 해."

톰이 수화기를 들자, 압축된 열기가 소리로 폭발했고, 아래층 대형 홀에서는 멘델스존의 〈결혼 행진곡〉의 불길한 화음이 들려왔다.

"이 더위에 결혼을 하다니!" 조던이 기막힌 듯 소리쳤다.

"하지만 나도 6월 중순에 결혼했어." 데이지가 말했다.

"6월의 루이빌에서! 기절한 사람도 있었어. 기절한 게 누구였지, 톰?"

"빌록시." 그가 퉁명스럽게 대답했다.

"빌록시라는 남자. 상자를 만든다고 해서 '블록스' 빌록시라고 불렀지. 그건 사실이야. 그리고 테네시주 빌록시 출신이었어."

"그 사람이 우리 집에 실려 왔잖아." 조던이 덧붙였다. "우리 집이 교회 옆집의 옆집이었거든. 그 사람은 우리 집에서 석 주를 지냈고, 결국 아빠가 그만 떠나달라고 말해야 했지. 그 사람이 떠난 다음 날 아빠가 돌아가셨어." 그러더니 잠시 후 그 말이 부적절했다고 느낀 듯 덧붙였다. "두 가지는 아무 상관 없는 일이었지만."

"예전에 멤피스 출신의 빌 빌록시라는 사람을 알았는데." 내가 말했다.

"둘이 사촌이에요. 나는 그 사람이 떠나기 전에 그 집 가족사 전체를 알게 됐어요. 그 사람은 내가 지금 쓰는 알루미늄 퍼터를 주었어요."

음악이 잦아들면서 결혼식이 시작되었다. 이제 창가로 긴 환호 소리가 흘러들더니, 이어 간헐적으로 "그래, 좋아, 그래!" 하는 감탄이 들리고, 마지막으로 댄스의 시작과 함께 재즈 음악이 터져 나왔다.

"우리는 벌써 늙었어. 젊었다면 일어나서 춤을 출 거야."
데이지가 말했다.

"빌록시 얘기 마저 해." 조던이 데이지를 나무랐다. "톰,
그 사람을 어디서 알았어요?"

"빌록시?" 그가 애써 정신을 집중했다. "나는 그 사람을
몰랐어. 그 사람은 데이지의 친구였지."

"아니야." 데이지가 부인했다. "나는 그전에는 빌록시를
본 적이 없어. 그 사람은 자가용 차로 왔어."

"빌록시는 당신을 안다고 했어. 루이빌에서 자랐다고.
에이서 버드가 마지막 순간에 그를 데리고 와서 결혼식에 그
사람 자리가 있느냐고 물었어."

조던은 빙긋 웃었다.

"남의 차를 얻어 타고 귀향하던 길이었나 보네요. 자기
가 예일대학에 다닐 때 톰하고 같은 학년이었고 학생회장을
했다고 말했어요."

톰과 나는 어이없는 눈길을 주고받았다.

"빌록시가?"

"우선, 우리는 학생회장이 없었어……."

개츠비의 발이 짧고 불안하게 바닥을 두드리자, 톰이 갑
자기 그를 보았다.

"그런데 개츠비 씨. 당신은 옥스퍼드 출신이라고요."

"딱히 그런 건 아닙니다."

"아뇨, 당신이 옥스퍼드대학에 다녔다고 들었습니다."

"네, 거기 간 건 맞습니다."

짧은 침묵이 흐른 뒤에 톰이 의심과 모욕을 담은 목소리로 말했다.

"당신이 거기 다닌 때가 빌록시가 예일대학에 다닌 때하고 비슷하겠네요."

다시 한번 침묵이 흘렀다. 웨이터가 노크를 하고 으깬 민트와 얼음을 가지고 들어왔지만, 그의 "감사합니다"와 부드럽게 문 닫는 소리로도 침묵은 깨지지 않았다. 그 중대한 사실이 마침내 밝혀지기 일보 직전이었다.

"거기 가기는 했습니다." 개츠비가 말했다.

"네, 하지만 그게 언제인가요?"

"1919년이었고, 다섯 달 머문 게 전부입니다. 그래서 정식으로 옥스퍼드 출신이라고 말하기 어렵습니다."

톰은 우리 역시 그 말을 믿지 않는지 확인하려고 좌중을 둘러보았다. 하지만 우리는 모두 개츠비를 보고 있었다.

"정전 협정 이후 일부 장교들에게 기회가 생겼습니다." 개츠비가 말을 이었다. "우리는 영국과 프랑스의 어떤 대학에도 갈 수 있었습니다."

나는 일어나서 그의 등을 탁 치고 싶었다. 전에 경험했던 그에 대한 완전한 믿음이 다시 한번 살아났다.

데이지가 가벼운 미소를 띠고 일어나서 테이블로 갔다.

"위스키를 따, 톰." 데이지가 말했다. "내가 민트 음료를 만들어줄 테니. 그러면 당신 자신도 그렇게 멍청한 느낌이 들지 않을 거야…… 민트를 좀 봐!"

"잠깐." 톰이 재빨리 말했다. "개츠비 씨에게 물어볼 게 하나 더 있어."

"물어보세요." 개츠비가 예의 바르게 말했다.

"당신은 우리 집에서 어떤 소동을 일으키려고 하는 겁니까?"

그들은 마침내 공개적으로 맞서게 되었고, 개츠비는 거기 아무런 불만이 없었다.

"저 사람이 무슨 소동을 일으킨다고 그래?" 데이지가 당황한 얼굴로 두 사람을 번갈아 바라보았다. "소동은 당신이 일으키고 있어. 제발 진정해."

"진정하라고!" 톰이 어이없다는 듯 말했다. "어디서 왔는지도 모르는 인간이 자기 마누라를 건드리는데도 뒷전에 가만히 앉아 있으라고? 만약 그게 당신 생각이라면 나는 그렇지 않다는 걸 알아둬…… 요즘 사람들은 가족제도를 비웃는데, 그러다 보면 모든 걸 다 버리고 흑인과 백인이 결혼할 거야."

열렬한 횡설수설에 흥분한 톰은 자신이 문명의 마지막 저지선 앞에 홀로 서 있다고 느꼈다.

"우리 모두 백인이에요." 조던이 나직이 말했다.

"내가 인기가 별로 없는 건 나도 알아. 화려한 파티를 안 여니까. 친구를 만들려면 집을 돼지우리로 만들어야 하거든, 현대사회에서는."

나도 다른 사람들처럼 화가 났지만, 톰이 입을 열 때마다 웃음이 나올 것 같았다. 그는 난봉꾼에서 도덕 설교가로 완벽하게 변신해 있었다.

"당신한테 할 말이 있어, 친구……." 개츠비가 입을 열었다. 하지만 그게 무언지 데이지가 짐작했다.

"그러지 마!" 데이지가 필사적으로 끼어들었다. "모두 집에 가요. 그냥 집에 가는 게 좋겠어."

"좋은 생각이야." 내가 일어섰다. "가자, 톰. 아무도 술을 마시고 싶어 하지 않아."

"나는 개츠비 씨 말을 듣고 싶어."

"당신 아내는 당신을 사랑하지 않아." 개츠비가 말했다. "전에도 사랑한 적 없어. 데이지는 나를 사랑하니까."

"미쳤군!" 톰이 반사적으로 소리쳤다.

개츠비가 흥분해서 벌떡 일어섰다.

"한 번도 사랑한 적 없다고." 그가 소리쳤다. "데이지가 당신과 결혼한 건 오직 내가 가난하고 기다리기 힘들어서였어. 엄청난 실수였지만, 데이지의 마음은 평생 나 말고 아무도 사랑하지 않았어!"

이 지점에서 조던과 나는 그곳을 떠나려고 했지만, 톰과 개츠비가 경쟁하듯 강력하게 우리도 곁에 있어야 한다고 우겼다. 두 사람이 감출 것이 전혀 없고, 우리가 그들의 감정 대결에 대리로 참여하는 것이 무슨 특권이나 되는 것처럼.

"앉아, 데이지." 톰의 목소리는 아버지 같은 권위를 담으려고 했지만 실패했다. "도대체 무슨 일이 있었던 거지? 다 알아야겠어."

"무슨 일이 있었는지 이미 말했어." 개츠비가 말했다. "5년을 이어진 일이야. 당신은 몰랐지만."

톰이 데이지를 날카롭게 돌아보았다.

"이 친구를 5년 동안 만났다고?"

"만났다는 게 아니야." 개츠비가 말했다. "우리는 만나지 못했어. 하지만 5년 내내 서로 사랑했는데 당신이 몰랐던 거야, 친구. 당신이 전혀 모른다는 생각에 나는 가끔 웃었지." 하지만 그의 눈에 웃음기는 없었다.

"아, 그게 다군." 톰은 굵은 손가락을 성직자처럼 모아 토닥이고 의자에 기대앉았다.

"당신은 미쳤어!" 톰이 폭발했다. "나는 5년 전에 무슨 일이 있었는지는 몰라. 그때는 데이지를 알지도 못했으니까. 그리고 당신이 식품점에서 배달 일을 한 게 아니라면 어떻게 데이지에게 접근할 수 있었는지도 모르겠어. 하지만 나머지는 새빨간 거짓말이야. 데이지는 나를 사랑해서 결혼했고, 지금도 사랑해."

"아니." 개츠비가 고개를 저으며 말했다.

"무슨 소리. 여전히 날 사랑해. 문제는 데이지가 가끔씩 어리석은 생각을 하고 자기가 뭘 하는지 모른다는 거야." 톰이 현명한 척 고개를 끄덕였다. "더욱이 나도 데이지를 사랑해. 가끔 나가서 흥청거리며 바보짓을 하지만 언제나 돌아오고, 내 마음속 사랑은 언제나 데이지야."

"역겨워." 데이지가 말했다. 그러고는 나를 돌아보았고, 한 옥타브 낮아진 목소리가 방 안을 통렬한 경멸로 채웠다. "우리가 왜 시카고를 떠났는지 오빠는 알아? 흥청망청이 어땠는지 이야기를 못 들었다니 놀라운걸."

개츠비가 데이지 옆에 가 섰다.

"데이지, 이제 다 끝났어." 그가 진지하게 말했다. "이제는 상관없어. 톰에게 진실을 말해. 그를 사랑한 적 없다고. 그리고 이제 모든 게 영원히 끝났다고."

데이지는 멍한 눈으로 그를 보았다. "내가…… 어떻게…… 저 사람을 사랑할 수 있었겠어?"

"당신은 톰을 사랑한 적 없어."

데이지는 망설였다. 그리고 조던과 나에게 호소하는 눈길을 보냈다. 이제 자신이 무슨 일을 하는지 깨달은 듯, 하지만 자신은 내내 아무런 의도도 없었던 듯한 눈길이었다. 하지만 이제 그 일은 저질러졌고 돌이킬 수 없었다.

"나는 톰을 사랑한 적 없어." 데이지가 눈에 띄게 주저하며 말했다.

"카피올라니에서도?" 톰이 불쑥 물었다.

"응."

아래층 댄스홀에서 숨 막히는 화음이 뜨거운 공기의 물결에 실려 흘러 들어왔다.

"당신 구두가 젖을까 봐 내가 펀치볼에서 당신을 안고 온 날도?" 그의 갈라진 목소리에 부드러움이 어려 있었다. "……데이지?"

"그러지 마." 데이지의 목소리는 차가웠지만, 미움은 담겨 있지 않았다. 데이지는 개츠비를 보았다. "저기, 제이." 데이지가 말했지만 담뱃불을 붙이는 손이 떨렸다. 데이지는 갑자기 담배와 불붙은 성냥을 카펫에 던졌다.

"아, 당신은 너무 많은 걸 원해!" 데이지가 개츠비에게 소리쳤다. "나는 지금 당신을 사랑해. 그걸로 충분하지 않아? 과거를 바꿀 수는 없어." 그리고 데이지는 무력하게 흐느끼기 시작했다. "나는 톰도 한때 사랑했어. 하지만 당신도 사랑했어."

개츠비가 눈을 떴다가 감았다.

"나도 사랑했다고?" 그가 말했다.

"그것도 거짓말이야." 톰이 사납게 말했다. "데이지는 당신이 살아 있는 줄도 몰랐어. 데이지와 나 사이에는 당신이 결코 알 수 없는 일들이 있어. 우리 두 사람 다 평생 잊지 못할 일들이."

그 말은 개츠비에게 육체적인 고통을 준 것 같았다.

"데이지하고 따로 이야기하고 싶어." 그가 말했다. "데이지는 지금 너무 흥분해서……."

"따로 이야기해도 톰을 사랑한 적 없다고 말할 수는 없어." 데이지가 처량한 목소리로 말했다. "그건 사실이 아닐 테니까."

"당연히 사실이 아니지." 톰이 맞장구쳤다.

데이지는 남편을 돌아보았다.

"그게 당신한테 무슨 의미가 있어?" 데이지가 말했다.

"당연히 의미가 있지. 나는 이제부터 당신을 더 잘 챙길 거야."

"이해를 못 하시네." 개츠비가 당혹스러운 목소리로 말했다. "당신은 이제 데이지를 챙길 필요가 없어."

"뭐? 어째서?"톰이 눈을 크게 뜨고 웃었다. 그는 이제 자신을 다스릴 여유가 생겼다.

"데이지는 떠날 거니까."

"말도 안 돼."

"하지만 나는 떠날 거야." 데이지가 눈에 띄게 애를 써서 말했다.

"데이지는 나를 안 떠나!"톰의 말이 갑자기 개츠비에게 밀어닥쳤다. "더군다나 여자 손에 끼워준 반지까지 훔치는 사기꾼 때문에는 더욱 아니지."

"못 참겠어! 여기서 나가요." 데이지가 소리쳤다.

"이러건 저러건 당신은 누구야?"톰이 소리쳤다. "마이어 울프샤임 주변에 어슬렁거리는 일당 중 하나잖아. 거기까지는 나도 알아. 당신 관련 일들을 약간 조사해봤거든. 그리고 내일 더 조사할 거야."

"마음대로 하시지, 친구."개츠비가 흔들림 없이 말했다.

"당신의 '약국'이 뭔지 알아냈어."톰이 우리에게 돌아서서 빠른 목소리로 말했다. "이 사람과 울프샤임이 여기하고 시카고 골목길의 약국을 여러 개 사서 에틸알코올을 팔았어. 그게 저 사람의 작은 재주 중 하나야. 처음 봤을 때부터 밀주 업자일 것 같았는데 별로 틀리지 않았어."

"그게 무슨 문제지?"개츠비가 차분하게 말했다. "당신 친구 월터 체이스는 자존심이 대단치 않아서 거기 참여했군 그래.”

"그리고 당신은 월터를 궁지에 빠뜨리고 떠났지. 월터는 뉴저지 감옥에서 1개월 실형을 살았다고. 세상에! 월터가 그 일 때문에 당신더러 뭐라고 말했는지 알아?”

"그 사람은 빈털터리로 우리한테 왔어. 돈 버는 걸 아주 기뻐했다고, 친구.”

"나한테 '친구'라고 부르지 마!" 톰이 소리쳤다. 개츠비 는 아무 말도 하지 않았다. "월터는 도박법으로도 당신을 고 발할 수 있었지만, 울프샤임의 협박으로 입을 다물었어.”

개츠비의 얼굴에 그 낯설지만 알아볼 수 있는 표정이 돌 아왔다.

"약국 사업은 그냥 잔돈푼일 뿐이야." 톰이 천천히 말을 이었다. "하지만 당신은 지금 월터가 겁나서 나한테 말도 못 하는 일을 하고 있잖아.”

나는 겁먹은 눈길로 개츠비와 남편을 번갈아 바라보는 데이지와 턱에 보이지 않는 흥미로운 물체를 올려놓고 중심 을 잡기 시작한 조던을 보았다. 그다음엔 개츠비를 돌아보았 다가 그의 표정에 깜짝 놀랐다. 그는 '사람을 죽인 듯한' 표정 이었다. 이 말은 그의 정원에서 사람들이 떠벌이는 중상모략 과 상관없이 하는 말이다. 잠시 그의 얼굴 모습은 그런 환상적인 설명이 가능했다.

하지만 그 표정이 지나가자, 그는 데이지에게 열변을 토하기 시작해서 모든 것을 부인하고, 제기되지도 않은 비난에 맞서 자신을 옹호했다. 하지만 그가 말을 할수록 데이지는 점점 움츠러들어서 그는 결국 포기해야 했다. 오후가 지나가는 동안 깨어진 꿈만이 싸움을 이이니가며, 더 이상 만질 수 없는 것을 만지려 하고, 방 저편의 잃어버린 목소리를 향해 불행하지만 끈질긴 고투를 벌였다.

그 목소리가 다시 집에 가자고 했다.

"제발, 톰! 더는 못 견디겠어."

데이지의 겁먹은 눈을 보면 전에 어떤 의도와 용기를 가졌건 그것이 완전히 사라진 것을 알 수 있었다.

"당신들 둘이 먼저 출발해, 데이지." 톰이 말했다. "개츠비 씨의 차로."

데이지는 이제 놀란 얼굴로 톰을 보았지만 그는 경멸 어린 관대함을 유지했다.

"그렇게 해. 저 사람은 당신을 괴롭히지 않을 거야. 이제 자신의 주제넘은 모험이 끝났다는 걸 알 거야."

그들은 아무 말 없이 훌쩍 나갔고, 그 시시해진 모습은 유령처럼 우리의 동정도 받지 못했다.

잠시 후 톰이 일어나서 따지 않은 위스키병을 수건에 다시 쌌다.

"이거 마실 사람? 조던? ……닉?"

나는 대답하지 않았다.

"닉?" 그가 다시 물었다.

"뭐?"

"이걸 마시겠느냐고?"

"아니…… 지금 생각났는데 오늘이 내 생일이네."

나는 서른 살이 되었다. 내 앞에는 새로운 10년이 불길하고 위험한 길처럼 뻗어 있었다.

우리가 톰과 함께 쿠페를 타고 롱아일랜드로 출발한 것은 7시였다. 톰은 기쁨에 들떠 웃으며 쉼 없이 말을 했지만, 조던과 내게 그의 목소리는 길가의 낯선 소동처럼 또는 머리 위 고가 철도의 소음처럼 아득할 뿐이었다. 인간의 연민은 한계가 있고, 우리는 그 모든 비극적 논란이 도시의 불빛과 함께 등 뒤로 사라지는 데 만족했다. 서른 살은 외로운 10년의 약속이다. 이제 알고 지낼 독신 남자의 수는 줄어들고, 열정의 가방도 얇아지고, 머리숱도 줄어들 것이다. 하지만 내 곁에는 데이지와 달리 잊힌 꿈을 기나긴 세월 동안 품고 가기에는 너무도 현명한 조던이 있었다. 어두운 다리를 지나갈 때, 조던의 창백한 얼굴이 내 코트 어깨에 나른하게 얹혔고, 그러자 서른 살의 무시무시한 타격은 조던의 다정한 손길 아래 사라졌다.

그래서 우리는 서늘해지는 땅거미를 뚫고 죽음을 향해 달려갔다.

잿더미 옆에서 커피집을 운영하는 젊은 그리스인 미케일리스는 사건 심리의 주요 증인이었다. 그는 더위 속에서 5시가 넘을 때까지 잠을 잤고, 잠에서 깬 뒤에는 정비소까지 걸어갔다가 조지 윌슨이 사무실에서 심하게 앓는 것을 보았다. 안색이 머리카락 색깔만큼 창백했고, 온몸을 덜덜 떨었다. 미케일리스는 그에게 들어가서 쉬라고 했지만, 윌슨은 그러면 장사에 지장이 많다고 거절했다. 미케일리스가 그를 설득하는데 머리 위에서 요란한 소리가 들렸다.

"마누라를 위층에 가둬놓았어." 윌슨이 차분하게 말했다. "내일모레까지 저기서 못 나올 거고, 그런 다음에 우리는 바로 이사를 갈 거야."

미케일리스는 깜짝 놀랐다. 4년 동안 이웃으로 지냈지만, 윌슨은 그런 말을 할 사람 같지 않았다. 대체로 그는 그냥 지쳐 있는 사람이었다. 일을 하지 않을 때는 문간의 의자에 앉아서 도로를 지나는 행인과 자동차를 바라보았다. 누가 말을 걸면 언제나 상냥하고 무색무취한 웃음으로 응답했다. 그의 인생의 주인은 그 자신이 아니라 아내였다.

그래서 미케일리스는 자연스럽게 무슨 일이냐고 물었지만 윌슨은 한마디도 하지 않았다. 대신 미케일리스에게 의심의 눈길을 던지며 특정한 날, 특정 시각에 무슨 일을 했는지를 물었다. 미케일리스가 슬슬 불편해질 때, 몇몇 인부가 그 앞을 지나 그의 레스토랑에 다가갔고, 미케일리스는 그 기회를 틈타서 일단 자리를 피했다. 이따가 다시 돌아올 생각이었지만 그러지 못했다. 깜박했던 것 같고 그게 다였다. 그는 7시 약간 넘어서 다시 밖에 나왔다가 아까 나눈 대화를 떠올렸다. 1층 정비소에서 윌슨 부인의 성난 목소리가 요란하게 터져 나왔기 때문이다.

"어서 때려!" 그 여자가 소리쳤다. "바닥에 내동댕이치고 때려보라고, 더러운 겁쟁이야!"

잠시 후 여자는 두 손을 흔들고 고함을 치면서 땅거미 속으로 달려 나갔다. 미케일리스가 가게 문 앞을 떠나기도 전에 일은 끝났다.

신문들이 '죽음의 자동차'라고 부른 그 차는 멈추지 않았다. 차는 짙어지는 어둠 속에서 튀어나와서 잠시 비극적으로 흔들렸지만 다음 모퉁이를 돌아 사라졌다. 매브로미케일리스(미케일리스의 본명-옮긴이)는 차 색깔도 잘 알지 못했다. 처음 경찰을 만났을 때는 연두색이라고 했다. 뉴욕 방면으로 가던 다른 차가 100미터 가까이 지난 뒤에 섰고, 운전자가 허겁지

겁 차를 돌려서 이미 비명횡사한 머틀 윌슨이 도로에 무릎으로 쓰러져 끈끈하고 검은 피를 흙먼지와 섞는 곳으로 갔다.

미케일리스와 이 남자가 머틀에게 가장 먼저 달려갔다. 그들이 아직 땀에 젖은 블라우스를 찢어서 열어보니, 왼쪽 젖가슴이 늘어진 물건처럼 너덜거렸고, 그 아래 심장 박동 소리는 들어볼 필요도 없었다. 입은 여자가 오래도록 간직한 엄청난 생명력을 내어주느라 숨이 막혔던 듯 크게 벌린 채 양 끝이 찢어져 있었다.

우리는 아직 거리가 꽤 되었을 때 이미 자동차 서너 대와 군중이 모여 있는 것을 보았다.

"사고가 났네!" 톰이 말했다. "잘됐군. 윌슨한테 마침내 일거리가 생기겠어."

그는 자동차 속도를 늦추었지만 설 생각은 없었는데, 정비소가 가까워졌을 때 문 앞에 모여 선 사람들이 말없이 열중한 모습을 보고 반사적으로 브레이크를 밟았다.

"한번 봐야겠는걸. 잠깐 보고 가자고." 그가 의심스러운 목소리로 말했다.

그때 나는 정비소에서 끊임없이 공허한 탄식 소리가 흘러나온다는 것을 알았다. 쿠페에서 내려 정비소 앞으로 다가가며 들어보니 그 소리는 누군가 신음하면서 "어떻게 이런 일이!" 하고 거듭해서 한탄하는 소리였다.

"안 좋은 일이 있는 모양이야." 톰이 흥분해서 말했다.

그는 발끝으로 서서 사람들 머리 너머로 정비소 안쪽을 들여다보았다. 정비소 조명은 철망 바구니에 담긴 채 머리 위에 매달려서 흔들리는 노란 전등이 전부였다. 잠시 후 그는 목구멍으로 사나운 소리를 내더니, 강한 두 팔로 사람들을 거칠게 밀치며 안으로 들어갔다.

사람들은 중얼중얼 나무라며 다시 원을 좁혔다. 내 눈에 아직 아무것도 보이지 않았다. 그런데 새로 온 구경꾼들이 대열을 흩뜨리자 조던과 나는 갑자기 안으로 밀려 들어갔다.

머틀 윌슨의 시신은 이 더운 여름밤에 추위에 떨기라도 하는 듯 모포 두 겹에 싸여 벽 앞 작업대에 놓여 있고, 톰은 우리에게 등을 돌린 자세로 그것을 굽어보며 굳어 있었다. 그 옆에는 오토바이 경찰이 땀을 뻘뻘 흘리며 수첩에 사람들 이름을 적었다가 고쳐 썼다 하고 있었다. 처음에 나는 빈 정비소에서 요란하게 울리는 신음 소리의 근원을 알 수 없었다. 그러다가 윌슨이 두 손으로 사무실 문설주를 잡고 문지방에 서서 앞뒤로 흔들리는 모습이 보였다. 몇몇 사람이 낮은 목소리로 그에게 말을 걸고, 때때로 그의 어깨에 손을 얹으려고도 했지만, 윌슨은 들리는 것도 보이는 것도 없는 것 같았다. 그의 눈은 흔들리는 전등에서 벽 앞의 작업대로 천천히 내려갔다가 다시 급하게 전등으로 올라갔다가 했고, 그러면서 계속 높고 끔찍한 소리를 질렀다.

"어떻게 이런 일이! 아, 어떻게! 어떻게 이런 일이!"

잠시 후 톰이 고개를 번쩍 들고 멍한 눈으로 정비소를 둘러보더니 웅얼거리는 목소리로 경찰관에게 횡설수설했다.

"매보……." 경찰관이 말했다.

"아니, 매브로……." 미케일리스가 고쳐주었다.

"이봐요!" 톰이 사납게 말했다.

"브로……." 경찰관이 말했다.

"그……."

"그……." 그러다가 톰이 큰 손을 어깨에 강하게 얹자 경찰이 올려다보았다. "무슨 일입니까?"

"무슨 일이냐고? 내가 묻고 싶은 말입니다!"

"여자분이 자동차에 치여서 즉사했어요."

"즉사했다고." 톰이 경찰관을 빤히 바라보며 말했다.

"여자분이 도로로 뛰쳐나왔어요. 그런데 그 망할 놈은 자동차를 세우지도 않았고요."

"자동차는 두 대였어요." 미케일리스가 말했다. "한 대는 내려가고, 한 대는 올라갔죠."

"어디로 가요?" 경찰이 날카롭게 물었다.

"각기 다른 방향으로 갔어요. 그리고 여자분은……." 그의 손이 담요를 가리키려고 올라가다가 중간에 멈추고 다시 옆구리로 내려갔다. "……여자분이 뛰어나올 때 뉴욕에서 내려오던 자동차가 오륙십 킬로미터 속도로 정통으로 들이받았어요."

"이곳의 지명은 뭡니까?" 경찰이 물었다.

"지명은 없어요."

창백한 얼굴에 옷을 잘 차려입은 흑인이 옆에 왔다.

"노란 차였어요. 노란색 대형차였어요. 새 차였고요." 그가 말했다.

"사고를 목격했나요?" 경찰관이 물었다.

"아뇨, 하지만 그 자동차가 도로에서 60킬로미터도 넘는 속도로 내 옆을 지나갔어요. 아마 팔구십 킬로미터는 됐을 거예요."

"이리 와서 이름을 말해줘요. 좀 비켜줘요. 이 사람 이름을 적어야 해요."

이 대화의 일부가 사무실 문 앞에서 흔들리던 윌슨에게 가닿았던 것 같다. 울부짖기만 하던 그가 새로운 이야기를 꺼냈기 때문이다.

"그게 어떤 차였는지 말 안 해줘도 돼! 난 그게 어떤 차였는지 알아!"

톰을 보니 코트 속 어깨 뒤쪽 근육들이 팽팽해지고 있었다. 그가 윌슨에게 재빨리 다가가더니 그의 양쪽 위팔을 강하게 잡았다.

"정신 차려요." 톰이 무뚝뚝한 위로를 담아 말했다.

윌슨의 눈이 톰에게 닿았다. 그는 발끝으로 섰고, 톰이 붙들지 않았다면 털썩 쓰러졌을 것이다.

"이봐요." 톰이 그를 약간 흔들면서 말했다. "난 뉴욕에서 방금 전에 여기 왔어요. 우리가 말하던 그 쿠페를 가지고 왔어. 아까 내가 여기 몰고 왔던 노란 자동차는 내 차가 아니었어. 오후 내내 나는 그 차를 보지도 못했어요."

그의 말이 들릴 거리에는 흑인과 나밖에 없었지만, 경찰도 톰의 목소리에서 무언가를 감지하고 사나운 눈으로 그를 건너다보았다.

"무슨 말씀이시죠?" 경찰이 물었다.

"나는 이 사람 친구입니다." 톰이 고개를 돌렸지만 손은 윌슨의 몸을 꽉 잡고 있었다. "사고를 낸 노란 차를 이 사람이 안다고 합니다……. 노란 차였답니다."

어떤 직감이 들었는지 경찰관은 의심스러운 눈길로 톰을 보았다.

"당신 차는 무슨 색입니까?"

"파란색입니다. 쿠페예요."

"우리는 뉴욕에서 곧장 왔습니다." 내가 말했다.

우리 약간 뒤에 따라온 차의 운전자가 이 말을 확인해주었고, 경찰은 돌아섰다.

"이제, 이름을 다시 정확히 말씀해주시면……."

톰은 윌슨을 인형처럼 번쩍 들더니 사무실로 데리고 가서 의자에 앉히고 돌아왔다.

"여기 와서 이 사람 곁에 있어줄 사람 없나요?" 그가 권위적인 목소리로 말했다. 그의 눈길 아래 가장 가까이 서 있던 남자 두 명이 서로 바라보더니 마지못해 사무실로 들어갔다. 그러자 톰은 문을 닫고 작업대를 외면한 채 한 칸으로 된 계단을 내려왔다. 그리고 내 옆을 지나가면서 "나가자" 하고 말했다.

그의 강력한 두 팔에 길이 열리자 우리는 사람들 시선을 의식하면서 계속 모여드는 군중을 뚫고, 또 실낱같은 희망 속에 30분 전에 부른 의사가 가방을 들고 서둘러 오는 것을 지나쳐서 그곳을 떠났다.

톰은 처음에는 차를 천천히 몰았지만 모퉁이를 돌자 액셀러레이터를 강하게 밟았고, 쿠페는 어둠을 가르고 달려갔다. 잠시 후에 낮고 허스키한 흐느낌 소리가 들리고, 그의 얼굴에 눈물이 흘러내리는 것이 보였다.

"망할 겁쟁이 새끼! 뺑소니까지 치다니." 그가 흐느꼈다.

어둠 속 바스락거리는 나무들 틈에서 뷰캐넌 부부의 집이 우리 앞에 불쑥 떠올랐다. 톰은 포치 앞에 차를 세우고, 덩굴 사이로 창문 두 개가 불을 밝힌 2층을 올려다보았다.

"데이지는 집에 왔군." 그가 말했다. 우리가 차에서 내릴 때, 그는 나를 보고 살짝 얼굴을 찌푸렸다.

"닉, 자네를 웨스트에그에서 내려줬어야 했는데. 오늘 밤은 우리가 할 수 있는 일이 없어."

그는 이전과 사뭇 달라져서 심각하고 단호한 목소리로 말했다. 달빛 비치는 자갈길을 함께 걸어갈 때 그는 짧은 문장 몇 개로 상황을 처리했다.

"자네가 집에 갈 택시를 불러줄게. 기다리는 동안 조던하고 부엌에 가서 저녁을 달라고 해. 밥을 먹고 싶다면." 그가 문을 열었다. "들어와."

"아니 괜찮아. 하지만 택시를 불러주는 건 고마워. 밖에서 기다릴게."

조던이 내 팔에 손을 댔다.

"안 들어가요, 닉?"

"네."

나는 속이 약간 울렁거렸고 혼자 있고 싶었다. 하지만 조던은 약간 망설였다.

"아직 9시 반밖에 안 됐는데." 조던이 말했다.

나는 죽어도 그 집에 들어가고 싶지 않았다. 그날 하루 동안 그들과 너무 오래 함께 있었고, 갑자기 조던도 그 무리에 속했다. 조던은 내 얼굴에서 그런 표정을 본 듯 획 돌아서더니 포치 계단을 올라 집 안으로 달려 들어갔다. 내가 두 손으로 머리를 감싸고 잠시 앉아 있는데, 안에서 집사가 전화기를 들고 택시를 부르는 소리가 들렸다. 나는 대문 앞에서 택시를 기다릴 생각으로 천천히 집 앞을 떠나 진입로를 걸어갔다.

내가 채 20미터도 가지 않았을 때 누가 이름을 부르더니 개츠비가 덤불에서 나왔다. 그때쯤 나는 감정이 아주 이상해졌던 것 같다. 달빛 아래 빛나는 그의 분홍색 양복밖에 아무것도 머릿속에 들어오지 않았기 때문이다.

"뭐 하고 있는 거야?" 내가 물었다.

"그냥 서 있어, 친구."

어쩐 일인지 흉악해 보였다. 그가 금세라도 그 집을 털 것 같았다. 어두운 덤불 속에 불길한 얼굴들, '울프샤임 일당'의 얼굴이 보였어도 나는 놀라지 않았을 것이다.

"도로에 무슨 문제 있는 거 봤어?" 이윽고 그가 물었다.

"응."

그는 망설였다.

"죽었어?"

"응."

"그럴 줄 알았어. 데이지한테 그럴 거라고 말했어. 충격은 한꺼번에 닥치는 게 좋아. 데이지는 잘 견뎠어."

그는 중요한 건 오직 데이지의 반응인 것처럼 말했다.

"나는 샛길로 웨스트에그에 갔어." 그가 계속 말했다. "그리고 내 차고에 차를 넣었어. 아무도 우릴 못 본 것 같지만 확신은 할 수 없지."

나는 이제 그가 너무 싫어져서 잘못 생각했다는 말도 해주고 싶지 않았다.

"어떤 여자야?" 그가 물었다.

"이름은 윌슨. 남편이 정비소를 해. 도대체 어쩌다 그렇게 된 거야?"

"내가 핸들을 돌리려고 했지만……." 그가 말을 잇지 못했고 나는 갑자기 진실을 깨달았다.

"데이지가 운전했어?"

"그래." 그는 잠시 후에 말했다. "하지만 물론 내가 했다고 할 거야. 뉴욕을 떠났을 때 데이지는 아주 불안했고, 운전을 하면 마음이 안정될 거라고 생각했어. 그런데 우리가 맞은편에서 오는 자동차를 지나치는 순간 이 여자가 튀어나왔어. 순식간에 일어난 일이지만, 여자는 우리에게 말을 걸려고 하고 우리를 안다고 생각하는 것 같았어. 데이지가 여자를 피하려고 하는데 다른 차가 다가오자 당황해서 다시 여자 쪽으로 차를 돌렸어. 내가 핸들을 잡은 순간 쿵 하는 충격이 느껴졌지. 그 자리에서 죽었을 거야."

"몸이 만신창이가 됐……."

"말하지 마, 친구." 그가 인상을 썼다. "어쨌건…… 데이지는 여자를 밟고 넘어갔어. 나는 데이지가 차를 세우게 하려고 했지만 그럴 수 없어서 비상 브레이크를 당겼어. 그러자 데이지가 내 무릎에 쓰러졌고 그 뒤로는 내가 운전했어."

그가 곧 다시 말을 이었다. "데이지는 내일이면 괜찮아질 거야. 나는 여기서 톰이 오늘 오후의 불쾌한 일로 데이지를 괴롭힐지 지켜볼 거야. 데이지는 지금 자기 방에 들어가서 문을 잠그고 있는데, 톰이 무슨 야만적인 행위를 시도하면 불을 껐다 켜기로 했어."

"톰은 데이지를 건드리지 않을 거야." 내가 말했다. "지금 톰은 데이지를 생각하지 않아."

"나는 그자를 안 믿어, 친구."

"얼마나 기다릴 생각이지?"

"필요하면 밤새도록이라도 있을 거야. 어쨌건 그들이 모두 잠들 때까지."

새로운 생각이 떠올랐다. 만약 톰이 데이지가 운전했다는 걸 알게 되면, 그 일과 연관성이 있다고 생각할지 모른다.

어떤 생각을 할지 알 수 없었다. 나는 집을 돌아보았다. 아래층 창문 두세 개가 불빛으로 환하고, 2층에는 데이지의 방에 분홍색 불이 켜져 있었다.

"여기 있어봐. 무슨 소동의 기미가 있는지 보고 올게." 내가 말했다.

나는 잔디밭 가장자리를 걷고 자갈길을 조심조심 지난 뒤 깨금발로 베란다 계단을 올랐다. 응접실 커튼은 열려 있고 방은 비어 있었다. 석 달 전인 6월에 우리가 식사를 한 포치를 지나자 팬트리 창문 같은 작은 사각형 불빛이 나타났다. 블라인드가 내려졌지만 창턱에 틈이 있었다.

데이지와 톰은 식은 닭튀김 한 접시와 에일 두 병을 앞에 놓고 부엌 식탁에 마주 앉아 있었다. 톰이 식탁 맞은편의 데이지에게 뭐라고 열변을 토했고, 그의 손은 데이지의 손을 간절하게 덮고 있었다. 데이지는 이따금 그를 올려다보며 고개를 끄덕였다.

그들은 즐겁지 않았고, 닭 요리도 에일도 건드리지 않았다. 하지만 슬픈 것도 아니었다. 그 장면은 누가 보아도 자연스럽게 친밀한 분위기였고, 모르는 사람이 보면 둘이 함께 음모를 꾸민다고 생각할 정도였다.

내가 포치에서 깨금발로 내려오는데 나를 태울 택시가 어두운 도로를 헤치고 다가오는 소리가 들렸다. 개츠비는 나와 헤어진 자리에서 기다리고 있었다.

"위층은 조용해?" 그가 불안하게 물었다.

"응, 조용해." 내가 망설이다가 말했다. "집에 가서 잠 좀 자."

그는 고개를 저었다.

"데이지가 잘 때까지 여기서 기다리고 싶어. 잘 가, 친구."

그는 두 손을 코트 주머니에 넣고 초조한 듯 돌아서서 집을 살폈다. 마치 나의 존재가 신성한 감시를 해친다는 것 같았다. 그래서 나는 그가 달빛 아래 서서 허공을 바라보게 두고 떠났다.

8장

나는 밤새 잠을 이루지 못했다. 해협에서는 끊임없이 안개고동이 울리고, 나는 기이한 현실과 무시무시한 꿈 사이에서 멀미를 느끼며 뒤척였다. 동이 틀 무렵 택시 한 대가 개츠비의 집으로 들어가는 소리가 들려서, 나는 침대에서 일어나 옷을 입었다. 그에게 할 말, 경고할 것이 있다 싶었는데 아침이면 늦을 것 같았다.

그의 집 잔디밭을 걸어가면서 보니 현관문이 아직 열려있고, 개츠비는 낙심이나 졸음 때문에 현관홀 테이블에 힘겹게 기대 있었다.

"아무 일도 없었어." 그가 기운 없이 말했다. "기다렸는데 4시쯤 데이지가 창가로 와서 잠깐 서 있다가 불을 껐어."

우리가 담배를 찾아 큰 방들을 쑤시고 다닌 그날만큼 개츠비의 집이 거대해 보인 적은 없었다. 우리는 대형 천막 같은 커튼을 열고, 전등 스위치를 찾아 끝없이 길고 어두운 벽을 더듬었다. 한번은 내가 쾅 소리를 내며 유령 같은 피아노 건반 위로 넘어지기도 했다. 사방에 이해할 수 없을 만큼 먼지가 많고, 방들은 오랫동안 환기를 하지 않은 것처럼 퀴퀴했다. 처음 보는 테이블 위에 놓인 담배통 안에 바짝 마르고 곰팡내 나는 담배 두 개비가 있었다. 우리는 응접실의 프랑스식 창문을 활짝 열고 어둠 속에 앉아서 담배를 피웠다.

"여기를 떠나야 돼. 사람들이 자네 차를 추적할 거야." 내가 말했다.

"지금 떠나라고, 친구?"

"일주일 동안 애틀랜틱시티에 가 있어, 아니면 몬트리올에 가든지."

개츠비는 그러려고 고려조차 하지 않았다. 그는 데이지의 결정을 알기 전에는 그 곁을 떠날 수 없었다. 그는 마지막 희망에 매달려 있었고 나는 감히 그것을 깰 수 없었다.

이날 밤, 그는 나에게 댄 코디와 함께한 특이한 젊은 시절 이야기를 해주었다. 그 이야기를 한 것은 톰의 인정사정없는 폭로가 '제이 개츠비'를 유리처럼 박살 내면서, 오랜 비밀의 광상곡 연주가 끝났기 때문이다. 그는 이제 거리낌 없이 모든 걸 인정할 태세였지만, 그보다는 데이지 이야기를 하고 싶어 했다.

데이지는 그가 처음으로 알게 된 '양갓집 처녀'였다. 그는 이전에는 정체를 다양하게 감춘 상태로 그런 여자들을 만났지만, 그와 그들 사이에는 항상 보이지 않는 가시철망이 있었다. 그는 데이지가 몹시 마음에 들어서 처음에는 캠프 테일러의 장교들과 함께, 하지만 나중에는 혼자서 데이지의 집에 갔다. 그는 놀랐다. 그렇게 아름다운 집은 처음이었다. 하지만 그곳이 숨 막히도록 강렬하게 느껴진 것은 거기 데이지가 살기 때문이었다. 그것은 데이지에게는 그가 캠프에 사는 것만큼 아무렇지도 않은 일이었다. 그 집에는 무르익은 미스터리가 있었다. 위층에는 다른 방들보다 더 아름답고 멋진 방들이 있을 것 같고, 그 집 복도에서는 즐겁고 신나는 일들이 일어날 것 같고, 이미 추억이 된 곰팡내 나는 낭만이 아니라 신선하고 생명력 넘치고 올해의 신형 자동차 냄새를 풍기는 낭만이 있을 것 같고, 늘 싱싱한 꽃이 가득한 댄스파티가 있을 것 같았다. 많은 남자가 이미 데이지를 사랑했다는 사실도 그를 들뜨게 했다. 그 덕에 데이지가 더 가치 있게 보였다. 그는 데이지의 집 곳곳에서 그들이 여전히 생생한 감정의 그림자와 메아리로 공기를 채우고 있다고 느꼈다.

하지만 그는 자신이 데이지의 집에 드나들게 된 것이 엄청난 우연이라는 것을 알았다. 제이 개츠비로서의 그의 미래가 아무리 영광스럽다 해도 그의 현재는 내세울 것 하나 없는 빈털터리 청년이고, 군복이라는 보이지 않는 가림막은 언제 벗겨질지 몰랐다. 그래서 그는 그 시간을 최대한 활용했다. 자신이 얻을 수 있는 것을 탐욕스럽게, 몰염치하게 구했다. 그러다 마침내 어느 고요한 10월 밤에 그는 데이지를 차지했다. 그에게는 데이지의 손을 잡을 진정한 권리가 없었기 때문이다.

그는 자신을 경멸할 수도 있었다. 거짓된 구실로 데이지를 차지했기 때문이다. 거짓 재산을 내세우지는 않았지만 고의로 데이지를 안심시켰다. 그는 데이지에게 자신이 데이지와 같은 계층 출신이고, 데이지를 완벽히 돌볼 능력이 있다는 믿음을 심어주었다. 사실 그에게 그런 능력은 없었다. 그는 의지할 가족도 없고, 비정한 정부의 변덕에 따라 세계 어디에서 목숨이 날아갈지 몰랐다.

하지만 그는 자신을 경멸하지 않았고, 그 일은 그의 상상대로 풀리지 않았다. 그는 아마도 자신이 취할 수 있는 것만 취하고 갈 생각이었을 테지만, 어느새 성배를 찾는 일에 몰두하게 되었다. 그는 데이지가 특별하다는 건 알았지만 '양갓집 처녀'가 얼마나 특별해질 수 있는지는 몰랐다. 데이지는 자신의 부유한 집과 부유하고 충만한 삶 속으로 사라졌고, 개츠비에게 아무것도 남기지 않았다. 그는 데이지와 결혼이라도 한 것처럼 느꼈지만 그게 전부였다.

이틀 후 그들이 다시 만났을 때 숨 쉴 수도 없고 어째서 인지 배신당한 기분을 느낀 쪽은 개츠비였다. 데이지의 포치는 돈을 주고 산 별빛 같은 사치품으로 화려하게 빛났다. 데이지가 그를 향해 돌아설 때 기다란 버들고리 의자가 세련되게 삐걱거렸고, 그는 데이지의 호기심 많고 사랑스러운 입에 키스했다. 데이지는 감기로 목이 쉬어서 전에 없이 매력적이었고, 개츠비는 부가 가두고 보존하는 젊음과 미스터리를, 많은 옷의 신선함을, 그리고 데이지를, 가난한 이들의 고투와 동떨어진 채 안전과 자부심 속에 은빛으로 반짝이는 데이지를 압도적으로 의식했다.

"내가 데이지를 사랑한다는 걸 알았을 때 얼마나 놀랐는지는 이루 말할 수 없어. 심지어 한동안은 데이지가 나를 버리길 바라기도 했지만 데이지 역시 나를 사랑해서 그러지 않았어. 데이지는 자신이 모르는 것들을 내가 안다는 사실 때문에 내가 아는 게 많은 사람이라고 생각했어……. 어느새 나는 내 야심을 잊고 갈수록 더 깊이 사랑에 빠졌고, 어느 순간 다른 건 하나도 중요하지 않게 되었어. 데이지에게 앞으로 내가 할 일을 이야기하는 게 더 즐거운데 대단한 일들을 하는 게 무슨 소용이겠어?"

해외로 나가기 전날 오후, 그는 데이지를 품에 안고 오래도록 조용히 앉아 있었다. 가을 날씨가 쌀쌀해서 방에는 벽난로가 지펴지고, 데이지의 뺨은 빨갛게 달아올라 있었다. 이따금 데이지가 움직이면 그는 팔의 자세를 바꾸었고, 한번은 데이지의 반짝이는 검은 머리에 입을 맞추었다. 그날 오후 그들은 차분했다. 그렇게 하는 것이 다음 날로 예정된 오랜 이별에 맞서 깊은 추억을 만들어주는 것처럼. 데이지가 개츠비의 코트 어깨에 말없이 입술을 댔을 때 또는 그가 데이지가 잠이라도 든 듯이 데이지의 손끝을 부드럽게 만졌을 때, 그들은 그 한 달 동안의 사랑에서 서로를 가장 가깝게 느끼고 가장 깊이 마음을 나누었다.

그는 전쟁에서 놀라운 성취를 이루었다. 전선에 가기 전에 대위가 되었고, 아르곤 전투 이후 소령으로 진급해서 사단의 기관총 부대를 지휘했다. 종전 이후 그는 귀국하려고 무진장 노력을 기울였지만 몇 가지 복잡한 상황 또는 오해로 인해 옥스퍼드로 가게 되었다. 그는 이제 걱정이 되었다. 데이지의 편지에는 불안한 절망이 비쳤다. 데이지는 그가 귀국하지 못하는 이유를 이해하지 못했다. 바깥 세계의 압박을 느낀 데이지는 그를 만나고 싶어 하고, 옆에 두고서 자신이 결국 옳은 일을 한다고 안심하고 싶어 했다.

데이지는 어렸고, 데이지의 인공적 세계는 난초 냄새와

유쾌한 오만의 냄새를 풍기고, 인생의 슬픔과 암시를 새로운 곡조로 요약해서 1년의 리듬을 설정하는 관현악을 연상시켰기 때문이다. 색소폰은 밤새도록 〈빌 스트리트 블루스〉의 절망적인 사연을 울부짖고, 금색 은색 구두 100켤레는 반짝이는 먼지를 일으켰다. 차를 마시는 우중충한 시간에는 많은 방들이 낮고 달콤한 열기로 고동치고, 새로운 얼굴들이 슬픈 호른 소리에 맞춰 마룻바닥에 흩어지는 장미 꽃잎처럼 사방을 떠다녔다.

새로운 계절이 되면서 데이지는 다시 이런 박명의 우주를 돌아다니기 시작했다. 데이지는 다시 하루에 대여섯 남자와 대여섯 번 데이트를 했고, 새벽이 되면 이브닝드레스의 구슬과 시폰 천이 침대 옆 방바닥에서 죽어가는 난초들과 뒤엉키게 내버려두고 졸았다. 그러는 동안 데이지 안의 무언가가 결단을 울부짖었다. 데이지는 자신의 인생이 당장 형태를 갖추기를 원했다. 그리고 그 결단은 가까이 있는 어떤 힘(사랑, 돈, 의심 불가능한 현실성 같은)에 의해 이루어져야 했다.

그 힘은 봄이 한창일 때 톰 뷰캐넌이 오면서 형태를 갖추었다. 그의 신체와 지위는 건전한 무게감이 있었고 데이지는 우쭐해졌다. 당연히 갈등도 약간 있고 안도도 약간 있었다. 개츠비는 아직 옥스퍼드에 있을 때 편지를 받았다.

이제 롱아일랜드에 새벽이 밝았고, 우리는 아래층의 나

머지 창문을 모두 열어서 회색과 황금색이 감도는 빛을 집 안에 채웠다. 나무 한 그루의 그림자가 이슬 위에 불쑥 드리워지고, 유령 같은 새들이 파란 잎새들 틈에서 노래를 시작했다. 공중에는 바람이라고 하기도 어려운 느리고 상쾌한 움직임이 일어서 서늘하고 화창한 하루를 기약했다.

"데이지는 그자를 사랑한 적이 없을 거야." 개츠비가 창문 한쪽에서 돌아서서 나를 반항적으로 바라보았다. "어제 오후에 데이지가 크게 흥분했다는 걸 잊으면 안 돼, 친구. 톰의 이야기는 데이지를 놀라게 했어. 그자는 나를 싸구려 사기꾼으로 만들려고 했지. 그래서 데이지는 자기가 무슨 말을 하는지도 몰랐던 거야."

그는 우울하게 자리에 앉았다.

"물론 어쩌면 처음 결혼했을 때는 잠깐 그를 사랑했을 수 있어. 하지만 그때도 나를 더 사랑했어."

그러더니 그는 갑자기 의아한 말을 했다.

"어쨌건 그건 개인적인 일일 뿐이었어."

그 말을 듣고 개츠비가 그 일에 가늠할 수 없이 강렬한 생각을 품고 있다고 짐작하는 것 말고 무엇을 할 수 있겠는가?

그는 톰과 데이지가 아직 신혼여행 중일 때 프랑스에서 돌아왔고, 군대에서 받은 마지막 봉급으로 비참하지만 어쩔 수 없이 루이빌에 갔다. 그리고 거기서 일주일을 머물며 두 사람이 또각또각 걸어 다닌 거리들을 거닐고, 11월 밤에 데이지의 흰색 자동차를 타고 갔던 외진 장소들을 찾아갔다. 데이지의 집이 그에게 다른 어떤 집보다 더 신비롭고 화려했듯이 루이빌 역시 데이지 없이도 우수 어린 아름다움으로 가득해 보였다.

그는 더 열심히 탐색하면 데이지를 찾았을 거라고, 그러니까 자신은 데이지를 두고 가는 거라고 생각하며 그곳을 떠났다. 기차의 일반실(그는 이제 무일푼이었다)은 더웠다. 탁 트인 연결 통로로 나가서 접이의자에 앉자, 기차역이 물러나면서 낯선 건물들 뒤편이 지나갔고 이어서 봄의 들판이 나왔다. 노란 전차 한 대가 무심한 거리에서 데이지의 눈부신 하얀 얼굴을 보았을지 모르는 사람들을 태우고 기차를 따라 달렸다.

선로가 꺾이면서 기차는 이제 태양을 등진 방향으로 나갔다. 낮아지는 태양은 이제 넓게 펼쳐져서 데이지가 한때 숨을 쉬었던, 저기 멀어지는 도시 위에 축복을 내리려 하는 것 같았다. 그는 바람 한 가닥이라도 움켜쥐려는 듯, 데이지로 인해 사랑스러워진 장소의 한 조각이라도 간직하려는 듯 애타게 손을 뻗었다. 하지만 눈물로 부예진 눈에는 모든 것이 너무도 빨리 지나갔고, 그는 자신이 도시의 그 부분, 가장 생기발랄하고 뛰어난 부분을 영원히 잃었다는 것을 알았다.

　우리가 아침 식사를 마치고 포치에 나갔을 때는 9시였다. 밤사이에 날씨가 크게 변했고 공중에 가을 느낌이 있었다. 개츠비의 예전 하인 중 마지막으로 남아 있는 정원사가 현관 계단 앞에 왔다.

　"개츠비 씨, 오늘 수영장의 물을 뺄 겁니다. 곧 낙엽이 떨어질 텐데 그러면 배수관에 문제가 생깁니다."

　"오늘은 하지 말게." 개츠비가 말했다. 그리고 변명하듯 나를 돌아보았다. "친구, 내가 여름 내내 수영장에 한 번도 들어가지 않은 거 알지?"

　나는 손목시계를 보고 일어섰다.

　"기차 시간까지 12분 남았어."

　나는 뉴욕에 가고 싶지 않았다. 일도 하기 싫었지만 그뿐이 아니었다. 개츠비를 떠나기가 싫었다. 결국 나는 기차를 놓쳤고, 다음 기차도 놓친 다음에아 일어설 수 있었다.

　"전화할게." 내가 마침내 말했다.

　"그래, 친구."

　"12시쯤에 전화할게."

　우리는 천천히 계단을 내려왔다.

　"아마 데이지도 전화할 거야." 그는 내가 동조해주기를 바라는 듯 불안하게 나를 바라보았다.

"아마도."

"그럼, 잘 가."

우리는 악수를 했고 나는 그의 곁을 떠났다. 그런데 산울타리에 이르기 전에 무언가 생각이 나서 돌아섰다.

"다 썩어빠진 인간들이야." 내가 잔디밭 건너편에 대고 소리쳤다. "자네는 그자들을 다 합한 것만큼 가치가 있어."

나는 아직도 내가 그 말을 한 사실이 기쁘다. 그것은 내가 그에게 해준 유일한 칭찬이었다. 나는 처음부터 끝까지 그의 행동에 반대했기 때문이다. 그는 점잖게 고개를 끄덕이고, 이어 얼굴이 밝아지면서 이해한다는 미소를 띠었다. 우리가 처음부터 그 사실을 비밀리에 공유해온 것처럼. 그의 멋진 분홍색 양복이 하얀 계단 앞에서 밝은 초점이 되었고, 나는 석 달 전에 처음 이 옛집에 왔던 밤이 떠올랐다. 잔디밭과 주차장 진입로는 그의 부패를 짐작하는 이들의 얼굴로 가득했다. 그리고 그는 부패할 수 없는 꿈을 숨긴 채 그 계단에 서서 손님들에게 작별 인사로 손을 흔들었다.

나는 그의 환대에 감사를 전했다. 우리는 항상 그에게 그 일을 고마워했다…… 나도 다른 사람들도.

"안녕." 내가 소리쳤다. "아침 식사 잘했어, 개츠비."

뉴욕에서 한동안 나는 끝없이 많은 주식 시세표를 작성하려고 했지만, 그러다가 회전의자에 앉은 채 잠이 들었다. 정오 직전 전화벨 소리에 깼을 때, 이마에 식은땀이 흘렀다. 조던 베이커였다. 그는 이 시간에 곧잘 전화했다. 호텔과 클럽과 가정집들을 누비는 불확실한 동선 때문에 다른 방식으로는 연락하기 어려웠기 때문이다. 그의 목소리는 대개 푸른 골프장의 잔디 파편이 사무실 창문으로 날아오는 것처럼 상쾌하고 시원했지만, 오늘 아침에는 거칠고 메말랐다.

"데이지 집을 떠났어요." 조던이 말했다. "지금은 헴프스테드에 있고, 오후에 사우샘프턴으로 갈 거예요."

데이지의 집을 떠난 것은 현명한 일이겠지만, 나는 그 행동이 마음에 들지 않았고, 조던이 다음에 한 말은 나를 경직시켰다.

"당신은 어젯밤 나한테 별로 친절하지 않았어요."

"그 상황에서 그게 상관이 있었나요?"

잠시 침묵이 흐르더니 그가 다시 말했다.

"하지만 당신을 보고 싶어요."

"나도 보고 싶어요."

"사우샘프턴에 가지 말고 오늘 오후에 거기로 갈까요……?"

"아니, 오늘 오후는 아니에요."

"좋아요."

"오늘 오후는 불가능해요. 여러 가지……."

우리는 한동안 그런 식으로 이야기했고, 그러다 어느 순간 갑자기 할 말이 없어졌다. 전화를 끊은 게 누구였는지 모르겠지만 이러건 저러건 상관없었다. 이 세상에서 다시는 조던과 대화하지 못한다 해도, 그날은 그와 티테이블을 앞에 놓고 대화할 수 없었다.

나는 잠시 후 개츠비 집에 전화했지만 통화중이었다. 나는 전화를 네 번 걸었고, 마침내 짜증 난 전화교환원이 나에게 그 번호는 디트로이트에서 오는 장거리전화를 받으려고 대기 중이라고 말했다. 나는 기차 시간표를 꺼내서 3시 50분 기차에 동그라미를 쳤다. 그리고 의자에 기대앉아 생각을 해보려고 했다. 시간은 이제 겨우 12시였다.

그날 아침 기차가 잿더미를 지나갈 때 나는 일부러 객차 반대편으로 갔다. 그날은 하루 종일 호기심 어린 군중이 거기 모여들고, 아이들이 흙 속에서 검은 얼룩을 찾을 것 같았다. 어떤 수다스러운 이는 사건 이야기를 하고 하고 또 할 테고, 그러다 보면 어느새 그 일은 그 사람에게도 현실감을 잃어서 더는 할 말이 없어지고, 머틀 윌슨의 비극적 인생은 잊힐 것이다. 이제 나는 시간을 조금 뒤로 돌려서 우리가 전날 밤 정비소를 떠난 뒤 그곳에서 무슨 일이 있었는지를 말하겠다.

사람들은 머틀의 여동생 캐서린을 찾는 데 어려움을 겪었다. 그날 밤 그 여자는 술을 마시지 않는다는 규칙을 깬 것이 분명했다. 나중에 온 캐서린은 만취해 있었고, 구급차가 이미 플러싱으로 떠났다는 사실을 알아듣지 못했다. 사람들이 마침내 그 사실을 이해시키자, 그는 그것이 이 일에서 가장 견딜 수 없는 지점인 것처럼 즉시 기절했다. 누군가 친절한 마음 또는 호기심으로 그를 자신의 차에 태우고 언니의 시신이 간 길로 데려갔다.

자정이 한참 지나서까지 정비소 앞에는 새로운 군중이 자꾸 모여들었고, 조지 윌슨은 안쪽 소파에 앉아 몸을 앞뒤로 흔들었다. 사무실 문이 한동안 열려 있어서 정비소에 들어오는 사람은 누구나 안을 들여다볼 수밖에 없었다. 마침내 누군가가 그렇게 하는 것은 잘못이라며 문을 닫았다. 미케일리스를 비롯한 몇몇 남자가 윌슨 곁에 있었다. 처음에는 네댓 명이었고 나중에는 두세 명이었다. 한참 뒤에 미케일리스는 마지막 남은 낯선 이에게 자신이 가게에 돌아가서 커피를 만들어 올 때까지 15분만 더 있어달라고 부탁해야 했다. 그런 뒤에 그는 동이 틀 때까지 윌슨과 둘이 있었다.

3시 무렵이 되자 윌슨의 알아들을 수 없는 중얼거림에 변화가 생겼다. 그는 좀 더 침착해져서 노란 차에 대해 이야기하기 시작했다. 그는 노란 차가 누구 차인지 알아낼 수 있다고 말하고는 두 달 전에 아내가 뉴욕에 갔다가 얼굴에 멍이 들고 코가 부어서 돌아왔다고 불쑥 말했다.

하지만 그는 자기도 모르게 그런 말을 하더니 몸을 움찔하고 다시 신음하는 목소리로 "어떻게 이런 일이!" 하고 소리치기 시작했다. 미케일리스는 그의 생각을 다른 쪽으로 돌리려고 어설프게 애를 썼다.

"결혼한 지 얼마나 됐나요, 조지? 그러지 말고 잠깐 가만히 앉아서 내 질문에 대답해봐요. 결혼한 지 얼마나 됐죠?"

"12년."

"아이는 있나요? 자, 조지, 가만히 있어요. 내가 물어봤잖아요. 아이는 있나요?"

딱딱한 갈색 딱정벌레들이 흐릿한 전등에 계속 부딪혔고, 바깥 도로에 자동차가 달려갈 때마다 미케일리스는 몇 시간 전에 뺑소니친 자동차가 생각났다. 그는 정비소로 나가고 싶지 않았다. 시신이 놓였던 작업대에 얼룩이 져 있었기 때문이다. 그래서 그는 불편하게 사무실 안을 서성거렸고, 아침이 밝기 전에 거기 있는 모든 사물을 알게 되었다. 그리고 때때로 윌슨 옆에 앉아서 그를 달래주려고 했다.

"이따금이라도 가는 교회가 있나요, 조지? 오랫동안 안 다녔어도요? 교회에 전화해서 목사님을 부를까요? 와서 이야기 좀 하게요?"

"교회 안 다녀."

"소속된 교회가 있어야 돼요, 조지. 이럴 때를 위해서요.
한번은 가본 교회가 있을 거 아네요. 교회에서 결혼하지 않
았나요? 조지, 들어봐요. 교회에서 결혼하지 않았나요?"

"오래전 일이야."

대답을 하려다 보니 그의 리드미컬한 흔들림이 멈추었
다. 그는 잠시 침묵에 빠졌다. 그런 뒤 그의 흐릿한 눈에 알
것도 같고 모를 것도 같다는 표정이 떠올랐다.

"거기 서랍 안을 봐." 그가 책상을 가리키며 말했다.

"어떤 서랍요?"

"그 서랍…… 그거."

미케일리스는 손에서 가장 가까운 서랍을 열었다. 거기
에 들어 있는 것은 가죽과 은으로 된 작고 값비싼 개 목줄뿐
이었다. 새것 같았다.

"이거요?" 그가 개 목줄을 들어 올리며 물었다.

윌슨이 바라보고 고개를 끄덕였다.

"어제 오후에 그걸 발견했어. 머틀이 뭐라고 둘러대려고
했지만, 수상한 물건이라는 걸 알겠더군."

"아내분이 이걸 샀다는 말씀인가요?"

"이걸 박엽지에 싸서 화장대에 보관하고 있었어."

미케일리스는 그게 전혀 이상하게 느껴지지 않아서 머틀이 개 목줄을 산 이유를 열 개도 넘게 늘어놓았다. 하지만 월슨은 그런 설명을 머틀에게서 이미 들은 것 같았다. 다시 "어떻게 이런 일이!" 하는 탄식을 시작했기 때문이다. 미케일리스는 남은 몇 가지 이유는 허공에 날려야 했다.

"그리고 그놈이 머틀을 죽였어." 월슨이 말했다. 그리고 갑자기 입을 딱 벌렸다.

"누구요?"

"나는 알아낼 방법이 있어."

"망상이에요, 조지." 미케일리스가 말했다. "이번 일로 너무 충격을 받아서 말도 안 되는 소리를 하고 있어요. 그냥 아침까지 가만히 앉아 계세요."

"그놈이 머틀을 죽였어."

"사고였어요, 조지."

월슨은 고개를 저었다. 눈이 가늘어지고, 입은 다 안다는 듯 "흠!" 소리를 내며 살짝 벌어졌다.

"난 알아." 그가 단호하게 말했다. "나는 남을 잘 믿는 사람이고 누구에게도 해를 끼칠 생각이 없지만, 무언가를 알면 확실히 알아. 그 차에 남자가 타고 있었어. 머틀이 그놈에게 무슨 말을 하려고 달려갔는데 남자가 멈추지 않았어."

미케일리스도 그 장면을 봤지만 거기에 특별한 의미가

있다고는 생각하지 않았다. 윌슨 부인은 특정한 차를 멈춰 세우려고 한다기보다 남편에게서 달아나고 있는 것처럼 보였다.

"어떻게 그럴 수가 있었을까요?"

"머틀은 교활한 여자야." 윌슨이 그게 질문에 대한 답이라는 듯 말했다. "아, 아, 아……."

그는 다시 몸을 흔들었고, 미케일리스는 손에 든 목줄을 비틀며 서 있었다.

"부르고 싶은 친구가 있으면 제가 전화해드릴게요, 조지."

그것은 헛된 희망이었다. 윌슨은 친구가 없는 것이 거의 확실했기 때문이다. 그는 아내도 제대로 감당하지 못했다. 잠시 후 기쁘게도 방 안 분위기가 달라졌다. 창가에 파란색이 되살아나는 모습에 곧 동이 트리란 것을 알 수 있었다. 5시 무렵이 되자 바깥은 전등을 꺼도 좋을 만큼 환해졌다.

윌슨은 흐린 눈으로 잿더미를 돌아보았다. 기묘한 모양을 한 작은 회색 구름이 가녀린 새벽바람에 실려 이리저리 흐르고 있었다.

"머틀에게 말했어." 조지가 긴 침묵 후에 말했다. "나는 속여도 하느님은 못 속인다고. 머틀을 창가로 데리고 가서 말했어." 그는 힘들게 일어나 뒤쪽 창문으로 가더니 거기 얼굴을 대고 기댔다. "당신이 무슨 일을 했는지 하느님은 다 알고 계신다고. 날 속일 수는 있어도 하느님은 못 속인다고!"

그의 등 뒤에 선 미케일리스는 사라지는 어둠 속에서 나타난 것이 T. J. 에클버그 박사의 창백하고 거대한 눈이라는 사실에 충격을 받았다.

"하느님은 모든 걸 보셔." 윌슨이 다시 말했다.

"저건 광고예요." 미케일리스가 말했다. 그는 무슨 이유에서인지 창가에서 돌아서서 방 안을 돌아보았다. 하지만 윌슨은 창문에 얼굴을 바짝 대고 박명 속으로 고개를 끄덕이며 거기 한참 동안 서 있었다.

6시가 되어 지친 미케일리스는 바깥에 자동차 서는 소리가 들리자 감사했다. 돌아오겠다고 약속하고 간 전날 밤의 일행 중 한 명이었다. 미케일리스는 세 사람이 먹을 아침을 준비했지만 그와 그 남자만 먹었다. 윌슨은 아까보다 조용해졌고 미케일리스는 집으로 자러 갔다. 그가 네 시간 후에 일어나 정비소에 다시 가보니 윌슨은 사라지고 없었다.

나중에 추적된 행적에 따르면 윌슨은(그는 내내 걸어 다녔다) 포트루스벨트를 거쳐 개즈힐로 갔고 거기서 샌드위치와 커피를 샀지만 샌드위치는 먹지 않았다. 그는 피곤해서 천천히 걸었던 게 분명하다. 정오가 되어서야 개즈힐에 도착했기 때문이다. 거기까지는 그가 시간을 보낸 방법을 설명하기가 어렵지 않았다. '약간 맛이 간' 남자를 본 사내아이들이 있었고, 그가 노변에서 이상한 눈길로 노려본 자동차 운전자들도 있었다. 하지만 그 뒤로 그는 서너 시간 동안 종적이 없었다. 경찰은 월슨이 미케일리스에게 한 말("나는 알아낼 방법이 있어")을 토대로, 그가 정비소들을 돌며 노란 차에 대해 묻고 있을 거라고 생각했다. 하지만 정비소 사람들 중에 그를 보았다는 사람은 없었다. 어쩌면 월슨은 자신이 알고 싶은 것을 더 쉽고 확실하게 알아낼 방법이 있었는지 모른다. 2시 반에 그는 웨스트에그에서 누군가에게 개츠비의 집이 어디냐고 물었다. 그때 그는 개츠비의 이름을 알고 있었다.

개츠비는 2시에 수영복을 입고 집사에게 전화가 오면 수영장으로 연락하라고 전했다. 그는 여름 동안 손님들이 즐겁게 가지고 논 공기 매트리스를 가지러 차고에 갔고, 운전기사와 함께 그것을 부풀렸다. 그런 뒤 무슨 일이 있어도 오픈카를 밖에 가지고 나가지 말라는 지시를 내렸다. 그 명령은 이상했다. 전방 오른쪽 펜더를 수리해야 했기 때문이다.

개츠비는 매트리스를 어깨에 둘러메고 수영장으로 갔다. 그가 멈추어서 매트리스를 옮겨 메자, 운전기사가 도움이 필요하냐고 물었지만 그는 고개를 젓고 노랗게 물들어가는 나무들 틈으로 사라졌다.

　전화는 한 통도 오지 않았지만 집사는 4시까지 잠을 자지 않고 대기했다. 그때는 이미 전화가 왔다 해도 전해줄 사람이 없어진 뒤였다. 개츠비 자신도 전화가 오리라 기대하지 않았고, 그러건 말건 상관하지 않았을 것 같다. 만약 정말로 그랬다면 그는 아마 자신이 따뜻한 옛 세계를 잃었고, 인생에서 한 가지 꿈을 너무 오래 품고 산 것에 아주 큰 대가를 치렀다고 느꼈을 것이다. 그는 섬뜩한 나뭇잎 사이로 낯선 하늘을 올려다보고 장미란 것이 얼마나 기이한지, 가꾸지 않은 잔디 위의 햇빛이 얼마나 거친지 발견하고 떨었을 것이다. 새로운 세계, 물질적이지만 현실성 없는 그 세계에서 꿈을 공기처럼 숨 쉬는 불쌍한 영혼들이 이리저리 떠돌았다……. 불분명한 형태의 나무들 틈으로 그에게 스르르 다가온 환상적인 그 잿빛 형체처럼.

　운전기사(그는 울프샤임의 부하 중 하나였다)는 총소리를 들었다. 나중에 그는 그 일을 대수롭지 않게 여겼다는 말밖에 하지 못했다. 나는 기차역에서 곧장 개츠비의 집으로 차를 몰고 갔고, 내가 정신없이 현관 계단을 달려 올라가자 사람들은 그제야 놀란 반응을 보였다. 하지만 그들은 이미 알고 있었다고 나는 확신한다. 우리 넷, 운전기사와 집사와 정원사와 나는 말은 한마디도 하지 않고 수영장으로 달려갔다.

물은 보일 듯 말 듯 아주 미세하게 움직여서 한쪽 끝에서 새로 흘러 들어온 물이 다른 쪽 끝으로 빠져나갔다. 물결이라고 하기도 어려운 잔물결 속에 사람이 실린 매트리스가 불규칙하게 수영장 저편으로 움직였다. 수면에 물결도 일으키지 못하는 작은 바람도 거기 예기치 않게 얹힌 짐의 예기치 않은 경로를 흩뜨릴 만큼은 되었다. 나뭇잎 몇 개가 그 주위를 천천히 돌면서 컴퍼스 다리처럼 물속에 가늘고 붉은 원을 그렸다.

우리가 개츠비를 수습해서 집으로 출발한 뒤에야 정원사는 조금 떨어진 잔디밭에서 윌슨의 시신을 발견했고, 참극은 그렇게 완결되었다.

9장

그 뒤로 2년이 지난 지금, 그날과 그날 밤과 그다음 날을 떠올리면 경찰과 사진기자와 신문기자 들이 끝도 없이 개츠비의 현관을 드나들었던 일만 기억난다. 대문 앞에 밧줄이 쳐지고, 경찰 한 명이 그 앞에 서서 호기심 어린 구경꾼들을 물리쳤지만, 사내애들은 우리 집 마당을 통해 그 집에 들어갈 수 있다는 걸 알아내서 수영장 주변에는 항상 몇몇 소년이 입을 벌리고 모여 있었다. 당당해 보이는 어떤 사람, 아마도 형사일 듯한 사람이 그날 오후 윌슨의 시신을 굽어보며 '미친 사람'이라고 말했고, 뭔가 권위 있어 보이는 그의 목소리는 다음 날 신문 기사들의 논조를 정했다.

기사 대부분은 쓰레기였다. 기괴하고, 정황적이고, 흥분이 가득할 뿐 진실은 없었다. 사건 심리에서 미케일리스가 윌슨이 아내를 의심하고 있었다고 밝혔을 때, 나는 이야기 전체가 외설스러운 풍자의 소재가 되겠다고 생각했다. 하지만 할 말이 있을 것 같은 캐서린은 아무 말도 하지 않았다. 그는 이 일에서도 놀라운 모습을 보였다. 고쳐 그린 눈썹 아래 결연한 눈으로 수사관을 보며 언니는 개츠비를 만난 적이 없고, 남편과 결혼 생활이 아주 행복했으며, 의심받을 일은 전혀 한 적이 없다고 맹세했다. 그 여자는 그렇게 믿었고, 그런 의심 자체가 견딜 수 없다는 듯 손수건에 얼굴을 묻고 울었다. 그래서 사건을 최대한 단순하게 만들기 위해서 윌슨은 '슬픔에 빠져 정신이 돌아버린' 남자가 되었고, 여전히 그런 상태로 남아 있다.

하지만 이 부분은 미미하고도 비본질적인 것 같았다. 나는 혼자 개츠비 편에 있게 되었다. 내가 이 참화를 전화로 웨스트에그에 알린 순간부터, 그에 대한 억측도 현실적인 질문도 모두 나에게 돌아왔다. 나는 처음에는 놀라고 혼란스러웠다. 그러다가 그가 집에 누워서 움직이지도 않고 숨도 쉬지 않고 말도 하지 않는 시간이 흘러갈수록 나한테 책임이 있다는 생각이 들었다. 다른 누구도 관심을 갖지 않았기 때문이다. 이때 관심이란 모든 사람이 마지막 순간에는 희미하게나마 권리를 갖는 강렬한 개인적 관심을 말한다.

나는 그를 발견하고 30분 후에 본능적으로 망설임 없이 데이지에게 전화했다. 하지만 데이지는 톰과 함께 이른 오후에 짐까지 싸서 외출했다고 했다.

"주소는 안 남겼나요?"

"네."

"언제 돌아온다는 말은 있었나요?"

"아뇨."

"어디 갔는지 짐작 가는 데는 없나요? 그분들하고 어떻게 연락해야 할까요?"

"모릅니다. 드릴 말씀이 없어요."

나는 그에게 누군가 데려가고 싶었다. 그가 누운 방에 들어가서 말해주고 싶었다. "자네한테 누군가 데려올게, 개츠비. 걱정하지 마. 날 믿어. 누군가 데려올게……."

마이어 울프샤임의 이름은 전화번호부에 없었다. 집사가 브로드웨이에 있는 그의 사무실 주소를 알려주었고, 나는 안내 데스크에 전화를 걸었지만 전화번호를 알았을 때 5시를 훨씬 지나 있었고, 아무도 전화를 받지 않았다.

"다시 연결해주시겠습니까?"

"벌써 세 번이나 했어요."

"아주 중요한 일입니다."

"미안하지만 아무도 없는 것 같아요."

나는 응접실로 돌아갔다. 그곳은 갑자기 공무원들로 가득했지만 그들은 왔다가 가는 사람들이었다. 그들이 천을 걷

고 충격받은 눈으로 개츠비를 볼 때에도 내 머릿속에는 계속
그의 항의가 울렸다.

"여길 봐, 친구. 나한테 누구 좀 데려와줘. 애 좀 써봐. 나
혼자 이 일을 견딜 수는 없어."

누군가 나에게 뭐라고 뭐라고 질문을 했지만 나는 그를
물리치고 2층에 올라가서 잠기지 않은 책상 서랍들을 살펴
보았다. 그는 부모님이 돌아가셨다고 정확히 말한 적이 없었
다. 하지만 아무것도 없었다. 댄 코디의 사진, 잊힌 폭력의 기
념물만이 벽에서 내려다보고 있었다.

다음 날 아침 나는 편지를 한 통 써서 뉴욕에 있는 울프
샤임에게 집사를 보냈다. 개츠비에 대한 질문과 다음 기차로
와달라는 부탁을 담은 편지였다. 편지를 쓸 때 나는 그런 부
탁은 사실 필요 없을 거라 생각했다. 그가 신문을 보면 당연
히 곧장 그리 출발할 거라고 믿었기 때문이다. 그건 정오 전
에 데이지가 전화를 할 거라고 믿은 것과 마찬가지였다. 하
지만 전화도 없고 울프샤임 씨도 오지 않았다. 온 것은 경찰
과 사진기자와 신문기자 들뿐이었다. 집사가 울프샤임의 답
장을 가지고 왔을 때, 나는 반항심, 그들 모두를 경멸하는 연
대감을 느끼기 시작했다.

캐러웨이 씨. 이 일은 내가 인생에서 겪은 가장 큰 충격 중

하나고, 나는 이 일이 사실이라는 것을 좀처럼 믿을 수 없습니다. 그 남자가 저지른 그런 미친 행동은 우리 모두를 생각에 빠뜨립니다. 그런데 나는 지금 아주 중요한 일에 매여 있어서 거기 갈 수가 없고, 지금 이 일에 얽힐 수도 없습니다. 시간이 조금 지난 뒤에 내가 할 수 있는 일이 있다면 에드거 편에 편지를 보내서 알려주십시오. 이런 소식을 듣자니 나는 내가 어디에 있는지도 모르겠고 완전히 진이 빠져버렸습니다.

마이어 울프샤임

그리고 아래쪽에 날림 글씨로 덧붙인 추신이 있었다.

장례식 등에 대해 알려주십시오. 그리고 그의 가족은 전혀 알지 못합니다.

그날 오후 전화가 울리고 장거리전화 교환원이 시카고에서 전화가 왔다고 했을 때 나는 마침내 데이지가 전화했다고 생각했다. 하지만 연결된 것은 아주 가늘고 아득하게 들리는 남자 목소리였다.

"슬레이글입니다……."

"네?" 낯선 이름이었다.

"끔찍한 소식이군요. 제 전보를 받았나요?"

"아무 전보도 없었습니다."

"파크 녀석에게 문제가 생겼어요." 그가 빨리 말했다. "카운터 너머로 채권을 건네다가 잡혔어요. 번호를 알려주는 뉴욕의 회람장을 당국이 5분 전에 손에 넣은 거죠. 이 일에 대해 아시는 게 없나요? 이런 시골구석에서는 알 수가 없어서……."

"이봐요!" 나는 숨 가쁘게 그의 말을 막았다. "여기 봐요. 나는 개츠비 씨가 아니에요. 개츠비 씨는 죽었어요."

전화선 저편에서 침묵이 길게 이어지더니 외침 소리가 터져 나왔고…… 짧은 불평 소리와 함께 전화는 끊겼다.

사흘째 날이 되어서야 미네소타주의 한 도시에서 헨리 C. 개츠라는 사람이 보낸 전보가 왔던 것 같다. 내용은 발신인이 곧 출발할 테니 도착할 때까지 장례식을 미뤄달라는 게 전부였다.

그는 개츠비의 아버지였다. 엄숙한 얼굴에 무력하고 상심한 노인으로, 따뜻한 9월 날씨에 싸구려 롱코트로 몸을 싸매고 있었다. 그는 격한 감정에 계속 눈물을 흘렸고, 내가 가방과 우산을 받아 들 때 성글고 희끗희끗한 수염을 쉼 없이 잡아당겨서 코트를 벗기기가 몹시 어려웠다. 그가 쓰러지기 직전이어서 나는 그를 음악실에 데려가서 앉히고, 동시에 먹을 것을 내오게 했다. 하지만 그는 아무것도 먹지 않았고 손이 떨려서 우유를 흘렸다.

"시카고 신문에서 봤어요." 그가 말했다. "시카고 신문에다 났어요. 바로 떠났습니다."

"개츠 씨께 연락할 방법을 몰랐습니다."

그의 눈은 아무것도 보지 못하면서도 방 안을 끊임없이 훑었다.

"미친놈의 소행이죠. 그자는 미친놈이었어요." 그가 말했다.

"커피를 드릴까요?" 내가 말했다.

"아무것도 필요 없어요. 이제는 괜찮아요. 성함이……?"

"캐러웨이입니다."

"이제는 괜찮습니다. 지미는 어디 있나요?"

나는 그를 아들이 있는 응접실로 데리고 가서 두고 나왔다. 사내애들 몇이 현관 계단에 올라와 집 안을 들여다보고 있었다. 내가 지금 온 사람이 누구인지 말해주자 아이들은 마지못해 흩어졌다.

잠시 후 개츠 씨가 문을 열고 나왔다. 입을 약간 벌리고 얼굴은 살짝 상기되어 있고 눈에서는 드문드문 눈물이 흘러

나왔다. 그는 죽음이 놀랍지 않은 나이여서, 이제 처음으로 주변을 둘러보고 현관홀의 높이와 화려함, 다른 방들과 연결된 큼직큼직한 방들을 보자 슬픔 속에 경이에 찬 자부심이 섞여 들었다. 나는 그를 2층의 한 침실로 데리고 갔다. 그리고 그가 코트와 조끼를 벗을 때, 그가 올 때까지 모든 일정을 미루어놓았다고 말했다.

"개츠비 씨가 무엇을 원할지 몰라서요……."

"내 이름은 개츠요."

"네, 개츠 씨께서 아드님의 시신을 서부로 옮기고 싶어 하실지 몰라서요."

그는 고개를 저었다.

"지미는 항상 동부를 더 좋아했어요. 출세도 동부에서 했고. 댁은 지미의 친구였소?"

"가까운 친구였습니다."

"지미는 장래가 촉망되었어요. 아직 어릴 때도 여기가 엄청 좋았어요."

그는 인상적인 동작으로 머리에 손을 댔고, 나는 고개를 끄덕였다.

"살아 있었다면 훌륭한 사람이 됐을 겁니다. 제임스 J. 힐 (19세기 말에서 20세기 초 미국의 철도 자본가—옮긴이) 같은 사람이. 이 나라 건설에 힘을 보탰을 겁니다."

237

"맞습니다." 나는 불편함을 느끼며 말했다.

그는 자수가 놓인 이불을 더듬어 침대에서 들어 올리더니 뻣뻣하게 누워서 바로 잠이 들었다.

그날 밤 어떤 겁먹은 목소리가 전화를 걸어서 자기 이름을 밝히지 않고 내게 누구냐고 물었다.

"내 이름은 캐러웨이입니다." 내가 말했다.

"아……" 그는 안심한 것 같았다. "저는 클립스프링어입니다."

나도 안심했다. 개츠비의 장례식 참석자가 한 명 늘 것 같았기 때문이다. 나는 신문에 부고를 실어서 구경꾼을 불러모으고 싶지 않았기에 직접 몇몇 사람에게 전화를 걸고 있었다. 하지만 연락이 잘되지 않았다.

"장례식은 내일입니다." 내가 말했다. "이 집에서 3시요. 관심 있는 분들에게 연락해주셨으면 좋겠습니다."

"네, 그러죠." 그는 급하게 말했다. "물론 제가 사람들을 만날 것 같지는 않지만 혹시 만난다면요."

그의 목소리에 나는 의심이 들었다.

"클립스프링어 씨도 참석하실 거고요."

"당연히 가도록 노력해야죠. 제가 전화한 이유는……."

"잠깐요." 내가 말을 잘랐다. "오신다고 약속해주시는 게 어떻습니까?"

"그게요, 사실은 제가 그리니치에 다른 사람들과 함께 있고, 이 사람들은 제가 내일도 여기 있을 거라고 생각합니다. 소풍 비슷한 행사가 있어요. 물론 저는 장례식에 가려고 노력하겠습니다."

나는 자제하지 못하고 "허!" 하는 소리를 냈는데, 그가 그 소리를 들은 게 분명했다. 불안한 목소리로 말을 이었기 때문이다.

"제가 전화를 한 건 거기 두고 온 신발 때문입니다. 번거롭지 않으시다면 집사를 시켜서 보내주셨으면 해서요. 테니스화고 저한테는 필수품 같은 겁니다. 제 주소는……."

나는 바로 전화를 끊어서 그 뒷말을 듣지 못했다.

그 뒤로 나는 개츠비에게 약간 미안했다. 내가 전화한 한 신사는 자업자득이라는 식으로 말했다. 하지만 그것은 내 잘못이었다. 그는 개츠비의 술을 마시고 술 취한 용기로 개츠비를 가장 가혹하게 조롱하던 사람 중 하나였으니, 그에게 전화한 것은 어리석은 일이었다.

장례식 날 아침 나는 마이어 울프샤임을 만나러 뉴욕에 갔다. 달리 그와 연락할 방법이 없어 보였다. 내가 엘리베이터 보이의 조언에 따라 밀어서 연 문에는 '스와스티카 지주 회사'라고 적혀 있었고, 처음에는 안에 아무도 없는 것 같았다. 하지만 내가 몇 번 허공에 대고 "안녕하세요" 하고 소리치자, 파티션 뒤에서 말다툼이 일더니 안쪽 방문 앞에 사랑스러운 유대인 여자가 나타나서 적대감 어린 검은 눈으로 나를 살펴보았다.

"안에 아무도 없습니다." 여자가 말했다. "울프샤임 씨는 시카고에 갔습니다."

첫마디는 명백한 거짓이었다. 안에서 누군가 음정 틀린 휘파람으로 〈로사리오〉를 부르기 시작했기 때문이다.

"캐러웨이가 왔다고 전해주십시오."

"제가 울프샤임 씨를 시카고에서 불러올 수는 없습니다."

그 순간 명백한 울프샤임의 목소리가 문 안쪽에서 "스텔라!" 하고 불렀다.

"이름을 적어서 책상에 올려놓으세요." 여자가 서둘러 말했다. "돌아오시면 전해드리겠습니다."

"하지만 안에 계시잖아요."

여자는 내게 한 발짝 다가오더니 분노한 손을 허리에 대고 위아래로 문질렀다.

"젊은 남자분들은 언제라도 힘으로 뜻을 관철할 수 있다고 생각하죠." 여자가 소리쳤다. "아주 지긋지긋해요. 그분이 시카고에 있다고 하면 시카고에 있는 거라고요."

내가 개츠비의 이름을 댔다.

"아……" 여자가 나를 다시 보았다. "잠깐요, 선생님 성함이 뭐였죠?"

여자는 사라졌다. 이어 마이어 울프샤임이 문 앞에 엄숙하게 나타나서 두 손을 내밀었다. 그리고 근엄한 목소리로 모두에게 슬픈 시간이라고 말하며 나를 안쪽 방으로 데리고 들어가더니 시가를 권했다.

"우리가 처음 만났을 때가 생각나는구려." 그가 말했다. "개츠비는 군에서 막 전역한 젊은 소령으로, 전쟁 때 받은 훈장을 온몸에 휘감고 있었소. 형편이 너무 곤궁해서 군복을 벗을 수가 없었지. 옷을 살 돈이 없었으니까. 처음 만났을 때 개츠비는 43번가에 있는 와인브레너의 당구장에 들어와서 일자리를 찾았소. 이틀 동안 굶었다더군요. '나랑 같이 점심이나 하지.' 내가 그렇게 말하고 식당에 데려가자 30분 만에 음식을 4달러어치도 넘게 먹어치웠소."

"그를 사업에 끌어들였습니까?" 내가 물었다.

"끌어들였냐고! 나는 그를 만들었소."

"아."

"나는 그를 암흑 속에서, 시궁창에서 건져냈소. 보니까 잘생기고 신사다운 젊은이였지. 그리고 오그스퍼드 출신이라고 했을 때 그 친구를 잘 이용할 수 있다는 걸 알았소. 나는 개츠비를 재향군인회에 가입시켰고, 그는 거기서 높은 자리까지 올라갔지. 그리고 올버니에 가서 내 고객을 위해 일했소. 우리는 그렇게 모든 일에서 긴밀했지." 그는 두툼한 손가락 두 개를 들어 올렸다. "언제나 함께였소."

나는 그들이 1919년 월드시리즈 조작에도 협력했는지 궁금했다.

"이제 개츠비는 죽었습니다." 내가 잠시 후에 말했다. "울프샤임 씨는 그와 아주 가깝게 지내셨으니 오늘 오후의 장례식에 오실 생각이겠지요?"

"가고 싶소이다."

"그러면 오세요."

코털이 바르르 떨리고 눈에 눈물이 차오르더니 그가 고개를 저었다.

"그럴 수 없소. 그 일에 얽혀 들 순 없어." 그가 말했다.

"얽혀 들 일 없습니다. 이제 다 끝났어요."

"사람이 죽으면 나는 어떤 식으로든 거기 얽히기 싫어서 물러나 있소. 젊을 때는 달랐지. 친구가 죽으면 어떤 경우에도 끝까지 곁을 지켰어. 신파적이라고 할지 몰라도 정말 끝까지 그랬소."

나는 그가 자신만의 이유로 오지 않기로 결심했다는 것을 깨닫고 일어섰다.

"당신은 대학을 다녔소?"그가 갑자기 물었다.

나는 잠시 그가 '사업 연줄'을 제안하려나 생각했지만, 그는 그저 고개를 끄덕이고 나와 악수를 했을 뿐이다.

"우정은 친구가 죽은 다음이 아니라 살아 있을 때 보여주는 게 좋지요."그가 말했다. "일단 죽으면 모든 걸 내버려 두는 게 내 규칙이오."

그의 사무실을 나설 때 하늘이 어둑어둑하게 변해 있었고, 나는 가랑비 속에 웨스트에그로 돌아왔다. 옷을 갈아입고 옆집에 갔더니 개츠 씨가 흥분해서 현관홀을 서성거리고 있었다. 아들과 아들의 재산에 대한 그의 자부심은 계속 커졌고, 그는 이제 나에게 보여줄 것이 있었다.

"지미가 나한테 보내준 사진이오."그는 떨리는 손으로 지갑을 꺼냈다. "이걸 봐요."

그것은 이 집을 찍은 사진이었는데, 가장자리가 갈라지고 여러 사람의 손을 타서 더러웠다. 개츠 씨는 나에게 사진 구석구석을 열심히 가리켰다. "여길 봐!"그리고 내게서 찬탄의 눈빛을 바랐다. 그가 사람들에게 사진을 하도 많이 보여주어서, 그에게는 그것이 실제 집보다 더 현실성을 띠었던 것 같다.

"지미가 나한테 이걸 보냈지. 얼마나 예뻐? 아주 잘 나왔어요."

"맞아요. 최근에 아드님을 보신 적 있나요?"

"2년 전에 지미가 나를 찾아와서 내가 지금 사는 집을 사주었어요. 지미가 집을 나갈 때 우리는 의절하다시피 했는데 이제 보니 이유가 있었어. 지미는 자기 앞에 엄청난 미래가 있다는 걸 안 거요. 그리고 성공한 뒤에는 나한테 아주 잘해줬지."

그는 사진을 치우기 싫은 듯 한동안 내 눈앞에 들고 있었다. 그러다 결국 지갑을 다시 넣고 주머니에서 『호펄롱 캐시디』라는 낡은 책을 꺼냈다.

"이건 지미가 어렸을 때 갖고 있던 책이오. 이걸 보면 잘 알 수 있지."

그는 뒤표지를 펼쳐서 내가 볼 수 있게 빙글 돌렸다. 마지막 면지에 '일정'이라는 단어와 1906년 9월 12일이라는 날짜가 적혀 있었다. 그리고 그 밑에

기상	오전 6:00
덤벨 운동과 벽 타기	오전 6:15~6:30
전기 공부 등	오전 7:15~8:15
일	오전 8:30~오후 4:30
야구와 스포츠	오후 4:30~5:00
웅변술, 자세 연습과 연구	오후 5:00~6:00

발명에 필요한 공부   오후 7:00~9:00

전체적 결심

새프터스 또는 [판독 불가능한 이름]에서 시간을 낭비하지
않기

피우는 담배도 씹는 담배도 금연

이틀에 한 번 목욕

일주일에 자기계발 책이나 잡지 한 권씩 읽기

일주일에 5달러 [줄을 그어 지우고] 3달러 저축

부모님께 잘하기

"우연히 이걸 찾았어요." 개츠 씨가 말했다. "이걸 보면
지미가 어떤 아이인지 잘 알 수 있지 않나?"

"네, 그렇네요."

"지미는 성공할 수밖에 없었어. 항상 이 비슷한 결심을
했어요. 그 애가 정신 계발에 얼마나 마음을 쏟았는지 아시
오? 지미는 항상 그 일을 잘했지. 나더러 돼지처럼 먹는다고
해서 내가 팬 적도 있다니까."

그는 책을 덮기 싫은 듯 항목 하나하나를 소리 내서 읽
더니 나에게 열의에 찬 눈길을 보냈다. 아마 내가 나 자신을
위해 그 목록을 베껴 적기를 기대했던 것 같다.

3시 직전에 플러싱에서 루터교 목사가 왔고, 나도 모르게 다른 차들이 오는지 창밖을 살폈다. 개츠비의 아버지도 마찬가지였다. 시간이 지나고 하인들이 와서 현관홀에 대기하자, 그는 눈을 불안하게 깜박이며 걱정과 불안이 담긴 목소리로 비가 와서 그렇다고 했다. 목사가 자꾸 손목시계를 보자 내가 그를 옆으로 데리고 가서 30분만 기다려달라고 부탁했다. 하지만 소용없었다. 아무도 오지 않았다.

5시 무렵에 자동차 세 대로 이루어진 우리 행렬이 묘지에 도착해서 꽤 굵은 가랑비 속에 정문 앞에 멈춰 섰다. 첫 차는 새까만 색의 젖은 영구차였고, 다음 차는 개츠 씨와 목사와 내가 탄 리무진이었다. 그 약간 뒤에는 하인 네댓 명과 웨스트에그의 우체부가 개츠비의 스테이션왜건에 탔다. 정문을 지나 묘지 안으로 들어갈 때 자동차 서는 소리가 나더니 누군가 젖은 땅을 철벅거리며 우리 뒤를 따라왔다. 돌아보니 석 달 전 어느 날 밤 개츠비의 서재에서 그의 책에 감탄하던 올빼미 안경의 남자였다.

나는 그 뒤로 그를 본 적이 없었다. 그가 어떻게 장례식을 알았는지도 모르고 그의 이름도 모른다. 빗물이 두꺼운 안경 위를 흐르자, 그는 안경을 벗어서 닦고 개츠비의 무덤을 덮은 천막이 벗겨지는 것을 보았다.

나는 그때 잠시 개츠비에 대해 생각하려고 했지만 그는 이제 멀리 떠나 있고, 데이지가 조전도 꽃도 보내지 않았다는 사실만이 무덤덤하게 떠올랐다. 누군가 "비를 맞는 죽은 자는 복이 있도다"라고 중얼거리고, 올빼미 눈의 남자가 씩씩한 목소리로 "아멘" 하는 소리가 희미하게 들렸다.

　우리는 뿔뿔이 흩어진 채 빗속을 걸어서 자동차로 갔다. 올빼미 눈이 정문 앞에서 내게 말했다.

　"집에는 못 들렀습니다." 그가 말했다.

　"다른 사람들도 안 왔습니다."

　"정말인가요!" 그가 소리쳤다. "어떻게 그런 일이! 날마다 수백 명씩 몰려들던 집인데."

　그는 안경을 벗고 다시 한번 안팎을 닦았다.

　"불쌍한 개자식." 그가 말했다.

　내가 가진 기억 중 가장 선명한 것 하나는 크리스마스에 대입 예비학교에서, 그리고 나중에는 대학에서 서부로 돌아오던 일이다. 시카고보다 멀리 가는 사람들은 12월 어느 날 저녁 6시에 몇몇 시카고 친구들과 함께 어둠침침한 유니언 역에 모였고, 이미 휴가 분위기에 들떠서 서둘러 작별 인사를 했다. 이런저런 여학교를 떠나 돌아가는 여학생들의 모피코트와 하얀 입김 어린 수다, 지인을 보면 머리 위로 흔들던

손과 초대 일정을 맞추던 일이 기억난다. "너는 오드웨이네에 갈 거야? 허시네는? 슐츠네는?" 그리고 우리가 장갑 낀 손으로 꼭 쥐고 있던 길쭉한 녹색 기차표. 마지막으로 출입구 옆 철로 위에 서 있던, 크리스마스만큼이나 유쾌해 보이던 시카고, 밀워키 앤드 세인트폴 철도의 지저분한 노란색 차량들.

기차가 겨울밤을 달리고, 진짜 눈, 바로 우리의 눈이 우리 옆에 펼쳐지면서 창문에 부딪혀 반짝이고 불빛 흐린 위스콘신주의 작은 역들을 지나갈 때면, 어느새 공중에 날카롭고 팽팽한 느낌이 떠올랐다. 우리는 그 느낌을 깊이 들이마시며 저녁 식사 후 추운 복도를 지나 돌아왔고, 그 기이한 한 시간 동안 우리와 이 지방의 일체감을 철저하게 느꼈다. 그런 뒤에는 다시 그 느낌 속으로 완전히 녹아들었다.

그것이 나의 중서부다. 밀밭도, 대평원도, 사라진 스웨덴인 마을도 아니고, 내 젊은 시절의 들뜬 귀향 열차와 가로등과 차디찬 어둠 속의 썰매 종소리와 불 켜진 창문의 호랑가시나무 화환이 눈 위에 드리운 그림자들이다. 나는 그것의 일부분으로 이런 긴 겨울들에 얼마간 진지하고, 수십 년이 지나도록 가문의 이름이 주소로 통하는 도시에서 캐러웨이 가문 사람으로 자란 것에 얼마간 만족한다. 이제 나는 이것이 어쨌건 서부의 이야기라는 것을 안다. 톰, 개츠비, 데이지, 조던과 나는 모두 서부인이고, 우리는 아마 동부 생활에 미묘하게 적응하지 못하는 어떤 결핍을 공유했을 것이다.

동부가 나를 가장 흥분시켰을 때조차, 내가 오하이오주 너머에 지루하게 펼쳐진 도시들에 대한 동부 지역의 우위를 가장 예민하게 느꼈을 때조차(그들은 아이들과 노인만 빼고 모두를 끝없이 심문하는 것 같다), 그곳은 언제나 어딘가 뒤틀렸다는 느낌을 주었다. 특히 웨스트에그는 아직도 내 환상적인 꿈에 나타난다. 꼭 엘 그레코가 그린 밤 풍경 같다. 인습적이면서도 기괴한 집 100채가 우울한 하늘과 윤기 없는 달 아래 웅크리고 있다. 앞쪽에는 정장을 입은 남자 네 명이 하얀 이브닝드레스 차림으로 술에 취한 여자를 들것에 싣고 길을 걷는다. 옆으로 늘어진 여자의 손에는 보석들이 차갑게 반짝인다. 남자들은 엄숙한 태도로 어느 집에 들르지만 집을 잘못 찾았다. 하지만 아무도 여자의 이름을 모르고 상관하는 사람도 없다.

개츠비의 죽음 이후 동부는 나에게 그렇게, 내 시력이 교정할 수 없을 정도로 왜곡되어서 떠올랐다. 그래서 낙엽을 태우는 푸른 연기가 공중에 오르고, 바람이 빨랫줄에 널린 젖은 빨래를 뻣뻣하게 만들 때 나는 귀향을 결심했다.

하지만 떠나기 전에 할 일이 한 가지 있었다. 어쩌면 그냥 두는 게 더 나을 어색하고 불쾌한 일이었다. 나는 친절하고 무심한 바다가 내 폐기물을 쓸어가주기를 기대하기보다 일들을 정리하고 싶었다. 그래서 조던 베이커를 만나서 우리 둘에게 일어난 일, 그 뒤로 나에게 일어난 일을 자세히 전했고, 그는 큰 의자에 고요히 앉아서 이야기를 들었다.

그는 골프복 차림이었는데, 그 모습이, 경쾌하게 치켜든 턱, 낙엽 색깔 머리카락, 무릎에 놓은 손가락 없는 골프 장갑과 똑같은 갈색 얼굴이 멋진 삽화 같다고 생각했던 것이 기억난다. 내가 이야기를 마치자 조던은 그에 대한 아무런 언급 없이 자신은 다른 남자와 약혼했다고 말했다. 그가 고개만 끄덕여도 결혼할 수 있는 남자가 몇 명 있기는 했지만 믿기지 않았다. 그래도 나는 놀란 척했다. 문득 내가 실수를 하는 건가 싶었지만 다시 한번 모든 일을 빠르게 생각해보고 작별 인사를 하러 일어났다.

"어쨌건 당신은 나를 버렸어요." 조던이 불쑥 말했다. "전화로요. 나는 이제 당신에게 관심을 잃었지만, 그 일은 낯선 경험이었고 한동안 어지러웠어요."

우리는 악수했다.

"아, 그리고 혹시 아직 기억해요?" 그가 덧붙였다. "우리가 자동차 운전에 대해 했던 대화요?"

"그럼요. 정확히 기억나지는 않지만."

"당신이 나쁜 운전자가 안전한 건 또 다른 나쁜 운전자를 만나기 전까지라고 했어요. 그러니까 내가 또 다른 나쁜 운전자를 만났던 거죠? 그렇게 헛짚은 걸 보니 나도 부주의 했어요. 당신은 정직하고 솔직한 사람인 줄 알았어요. 그게 당신의 은밀한 자부심인 줄 알았어요."

"나는 서른 살이에요." 내가 말했다. "스스로에게 거짓말을 하고 그걸 명예롭게 여길 나이는 5년 전에 지났습니다."

그는 대답하지 않았다. 나는 분노와 모호한 사랑과 깊은 애석함 속에 돌아섰다.

10월 말 어느 오후 나는 톰 뷰캐넌을 보았다. 그는 그 활기차고 공격적인 방식으로 내 앞에서 5번 대로를 걷고 있었다. 방해자를 물리치듯 두 손을 앞으로 약간 내밀고 머리는 이리저리 날카롭게 움직이며 불안한 시선과 보조를 맞추고 있었다. 내가 그를 따라잡지 않으려고 걸음을 늦추는데, 그가 발을 멈추더니 인상을 쓰고 보석 가게 창문 안쪽을 들여다보았다. 그러다가 문득 나를 보고는 손을 내밀고 내게 걸어왔다.

"왜 그래, 닉? 나랑 악수도 하기 싫은 거야?"

"맞아. 내가 자네를 어떻게 생각하는지 알잖아."

"정신 나간 소리를 하는군, 닉." 그가 재빨리 말했다. "정신이 많이 나갔어. 도대체 왜 그러는 거야?"

"톰, 그날 오후에 윌슨에게 뭐라고 말했지?" 내가 물었다.

그는 말없이 나를 보았고, 나는 그 수수께끼의 시간에 대한 내 짐작이 옳았다는 걸 깨달았다. 내가 그에게서 돌아섰지만, 그는 따라와서 내 팔을 잡았다.

"나는 사실대로 말했어." 그가 말했다. "월슨은 우리가 집을 떠나려고 할 때 문 앞에 나타났고, 하인을 시켜서 우리가 없다고 전하자 억지로 2층에 올라오려고 했어. 그자는 제정신이 아니라서 그 차의 주인이 누구인지 말하지 않았다면 나를 죽였을 거야. 우리 집에 있을 때 월슨의 손은 내내 주머니 속 권총을 잡고 있었어……." 그는 반항적인 태도로 말을 끊었다. "내가 말을 한 게 뭐? 그건 자업자득이었어. 그자는 데이지를 속인 것처럼 자네도 속였지만 어쨌거나 여간내기가 아니었어. 머틀을 치고도 개 한 마리 친 것처럼 차를 세우지도 않고 달려갔어."

내가 할 수 있는 말은 없었다. 그게 사실이 아니라는 진실은 말할 수 없었기 때문이다.

"그리고 혹시 내가 내 몫의 고통을 겪지 않았다고 생각한다면 이 이야기를 들어봐. 그 아파트를 처분하려고 갔다가 수납장 위에 그 망할 개 비스킷 상자가 있는 걸 보고 주저앉아서 어린애처럼 울었다고. 아, 얼마나 괴로웠는지……."

나는 그를 용서할 수도 좋아할 수도 없었지만, 그가 한 일이 그 자신에게는 완전히 정당하다는 걸 알았다. 모든 것이 경솔하고 혼란스러웠다. 톰과 데이지, 그들은 경솔한 자들이었다. 그들은 사물과 생명을 부수어버린 뒤, 돈이건 거대한 경솔함이건 무엇이건 그들을 결속시키는 것 속으로 도로 물러나고 자신들이 만든 오물은 다른 사람들에게 청소시켰다.

나는 톰과 악수했다. 그러지 않는 건 어리석어 보였다. 갑자기 어린애와 이야기하는 느낌이 들었기 때문이다. 그는 이어 진주 목걸이를, 아니면 커프스단추 세트를 사려고 보석 가게에 들어가서 내 시골 출신다운 까다로움을 영원히 떨쳐버렸다.

내가 떠날 때 개츠비의 집은 아직 비어 있었고, 그의 잔디는 내 집만큼이나 풀이 길게 자라 있었다. 마을의 택시 기사 한 명은 그 집 대문 앞을 지나게 되면 항상 잠시 멈춰서 집 안쪽을 가리켰다. 아마 그는 사고가 있던 날 밤 데이지와 개츠비를 이스트에그까지 태워주었고, 그래서 그 일에 대해 자신만의 이야기를 만든 것인지 모른다. 나는 그 이야기를 듣고 싶지 않아서 기차에서 내릴 때 그 사람을 피했다.

나는 토요일 밤은 매번 뉴욕에서 보냈다. 그의 화려하고 눈부신 파티가 너무도 생생해서, 내 귀에는 아직도 정원에서 끊임없이 들려오던 희미한 음악 소리와 웃음소리, 그의 집

주차장 진입로를 오르내리는 자동차 소리가 울렸기 때문이었다. 그러던 어느 날 밤 정말 자동차 소리가 나더니, 그 불빛이 그의 집 현관 계단 앞에 멈추는 것이 보였다. 하지만 나는 나가보지 않았다. 아마 세상 반대편에 가 있어서 파티가 끝난 것을 미처 몰랐던 마지막 손님일 것이다.

트렁크를 싸고, 자동차를 식품점에 팔아버린 마지막 날 밤, 나는 그 집에 가서 거대하고 부조리한 몰락을 다시 한번 바라보았다. 달빛 비치는 하얀 현관 계단에 어떤 꼬마가 벽돌 조각으로 쓴 욕설이 또렷했고, 나는 구둣발로 거칠게 문질러서 낙서를 지웠다. 그런 뒤 해변에 내려가서 모래밭에 대자로 누웠다.

이제 해변의 대저택들은 대부분 문을 닫았고, 해협을 오가는 여객선의 어둑어둑한 불빛을 빼면 불빛마저 거의 없었다. 달이 높이 솟을수록 특징 없는 집들이 점점 녹아내려서 어느새 나는 그 옛날 네덜란드 선원들의 눈에 꽃처럼 피어났던 이 옛 섬, 신세계의 그 신선하고 푸른 가슴을 떠올렸다(뉴욕은 원래 네덜란드인들이 세운 식민지였다─옮긴이). 그곳의 사라진 나무들, 개츠비의 집에 자리를 내준 나무들은 한때 인간의 모든 꿈 가운데 가장 위대한 최후의 꿈을 소곤거리며 일깨웠다. 짧은 매혹의 순간, 인간은 분명 이 대륙 앞에서 숨을 멈추고, 이해도 욕망도 뛰어넘는 미적 상념에 빠져들었을 것이기 때문이다. 그들은 역사상 처음으로 스스로의 경탄하는 능력에 걸맞은 것에 직면했다.

그리고 거기 앉아서 그 오랜 미지의 세계를 생각하다 보니, 나는 개츠비가 처음 데이지네 선착장의 녹색 불빛을 알아냈을 때 얼마나 경탄했을까 하는 생각이 들었다. 그는 머나먼 길을 걸어 이 푸른 잔디까지 왔고, 그의 꿈은 너무도 가까이 다가와서 놓칠 수 없어 보였을 것이다. 그는 그것이 이미 자신을 지나쳐서 도시 너머의 거대한 어둠 속, 공화국의 어두운 들판이 밤하늘 아래 펼쳐진 곳 어디엔가 있다는 것을 몰랐다.

개츠비는 녹색 불빛을, 해마다 우리에게서 물러나는 열락의 미래를 믿었다. 그것은 우리에게서 달아났지만 그래도 상관없다. 내일 우리는 더 빨리 달리고 두 팔을 더 멀리 뻗을 것이다…… 그리고 어느 맑은 아침에…….

그렇게 우리는 조류를 거스르는 배처럼 과거로 끊임없이 밀려가면서도 계속 거기 부딪친다.

W 윌북 클래식
첫사랑 컬렉션

위대한 개츠비

펴낸날 초판 1쇄 2022년 7월 20일

지은이 프랜시스 스콧 피츠제럴드

옮긴이 고정아

펴낸이 이주애, 홍영완

편집장 최혜리

편집4팀 박주희, 장종철, 이정미

편집 양혜영, 박효주, 유승재, 문주영, 홍은비, 강민우, 김하영, 김혜원

마케팅 김예인, 최혜빈, 김태윤, 김미소, 김지윤, 정혜인

디자인 박아형, 윤소정, 기조숙, 김주연, 윤신혜

해외기획 정미현

경영지원 박소현

도움교정 권영민

펴낸곳 (주)윌북 출판등록 제2006-000017호 주소 10881 경기도 파주시 회동길 337-20

전화 031-955-3777 팩스 031-955-3778

홈페이지 willbookspub.com 전자우편 willbooks@naver.com

블로그 blog.naver.com/willbooks 포스트 post.naver.com/willbooks

페이스북 @willbooks 트위터 @onwillbooks 인스타그램 @willbooks_pub

ISBN 979-11-5581-493-2 04840

　　　979-11-5581-430-7(세트)